MISSING
Coup de foudre

MEG CABOT

MISSING
Coup de foudre

Traduit de l'anglais (États-Unis)
par Luc Rigoureau

HACHETTE
Jeunesse

L'édition originale de cet ouvrage
a paru chez Simon Pulse,
une marque de Simon & Schuster Children's Publishing Division,
sous le titre :
1-800-Where-R-you, When lightning strikes

1

Ils veulent que je le consigne par écrit. Sans rien omettre. Ils appellent ça ma déposition.

Très bien. Ma *déposition*. Comment tout est arrivé. Depuis le début.

À la télé, dans ces cas-là, c'est en général quelqu'un d'autre qui rédige ce que les gens racontent, et ces derniers n'ont plus qu'à signer après avoir relu. Qui plus est, on leur donne du café, des gâteaux et tout le bataclan. Moi, j'ai seulement eu droit à une rame de papier et à un stylo qui fuit. Pas même à un Coca light.

Une preuve de plus que ce qu'on voit à la télé, c'est rien que des menteries.

Ils veulent ma *déposition* ? Parfait, la voici : c'est la faute de Ruth.

Sans blague. Tout a commencé ce jour-là, à la cantine, dans la queue pour accéder au comptoir des hamburgers, quand Jeff Day a balancé à Ruth qu'elle était si grosse qu'on allait devoir l'enterrer dans une caisse à piano, comme Elvis. Ce qui est d'une rare niaiserie, dans la mesure où – à ma connaissance du moins – Elvis n'a pas été enterré dans une caisse à piano. Peu m'importe combien il pesait à sa mort, je sais juste que Priscilla Presley avait les moyens d'offrir un cercueil un peu plus chouette que ça au King.

Par ailleurs, il se prend pour qui, ce Jeff Day, pour sortir des horreurs pareilles à quelqu'un, surtout quand ce quelqu'un est ma meilleure amie ? Bref, j'ai réagi comme n'importe quelle meilleure amie en pareilles circonstances : j'ai foncé et je lui ai allongé un pain.

Ce n'est pas comme si Jeff Day ne méritait pas de se manger une baffe, et ce chaque jour que Dieu fait. Ce type est – excusez mon langage – un enfoiré de première.

Ce n'est pas non plus comme si je l'avais sérieusement blessé. D'accord, il a titubé avant de s'effondrer dans les condiments. La belle affaire ! Il ne saignait même pas ! Sans compter que je n'ai pas réussi à le toucher au visage, parce qu'il a vu mon poing arriver et s'est baissé à la dernière minute. Au lieu de lui écrabouiller le nez, mon intention première, je l'ai atteint à la nuque.

Je vous parie qu'il n'a pas eu le moindre petit bleu.

Et pourtant... La seconde suivante, un énorme battoir s'abattait sur mon épaule, je virevoltais comme une toupie et je me retrouvais face à l'entraîneur Albright. Il est apparu qu'il attendait d'acheter une assiette de frites derrière Ruth et moi. Il avait soi-disant tout vu... Ouais. Mais pas Jeff insultant Ruth. Oh que non ! Rien que moi, démolissant son plaqueur[1] préféré d'une bonne patate (hélas mal ajustée).

— Par ici, jeune fille ! a-t-il rugi en me propulsant hors de la cafète pour rallier les bureaux des conseillers d'éducation, au premier étage.

Mon CE perso, Goodheart, déjeunait à son poste de travail. Avant que vous ne le plaigniez, sachez que le sac en papier contenant son repas était orné de deux grandes arches dorées. Ça sentait le graillon jusque dans le couloir. Depuis que je le fréquente de près, Goodheart ne m'a jamais semblé se soucier beaucoup de son taux de cholestérol. Il prétend être né sous la bonne étoile d'un métabolisme à toute épreuve. Levant la tête, il a souri quand Albright l'a interpellé d'une voix à vous glacer les sangs.

— Quelle bonne surprise, Frank ! s'est-il exclamé. Avec Jessica ! Une frite ?

---

1. Toutes les allusions au football renvoient ici au football américain (d'où l'insistance permanente sur le gabarit des joueurs) et non au foot (« *soccer* » en américain) tel que nous le connaissons en Europe. *(Toutes les notes sont du traducteur.)*

Il a tendu son cornet. La grande taille, s'il vous plaît.

— Merci, ai-je répondu en me servant.

Albright a passé son tour.

— Cette gamine vient à l'instant de démolir mon plaqueur préféré d'une patate dans le cou, a-t-il grondé.

— C'est vrai, ça, Jessica ? s'est écrié Goodheart en m'adressant un regard de reproche.

— Je voulais lui éclater le pif, mais il a esquivé.

— Je pensais que nous avions réglé ce sujet, a-t-il soupiré en secouant la tête.

— Moi aussi, ai-je reconnu.

D'après Goodheart, j'éprouverais de menues difficultés à dominer mon caractère un peu vif.

— Ça a été plus fort que moi, me suis-je justifiée. Ce mec est – excusez mon langage – un enfoiré.

Visiblement, ce n'était pas ce que souhaitaient entendre l'entraîneur ou le CE. Ce dernier a levé les yeux au ciel. Quant à Albright, j'ai bien cru qu'il allait claquer d'un infarctus.

— Bon, s'est aussitôt empressé de déclarer Goodheart (histoire d'éviter une mort inutile j'imagine), assieds-toi, Jessica. Merci, Frank, je m'en occupe.

J'ai obtempéré et me suis posée sur ma chaise préférée (celle en vinyle orange près de la fenêtre). Albright est resté figé sur place, le visage de plus en plus rouge. Une veine battait sur son front, et il serrait ses doigts épais comme des saucisses, tel un gosse prêt à piquer sa crise.

— Elle l'a frappé ! a-t-il éructé.

Le CE a cligné des paupières avant de déclarer avec une prudence d'artificier égaré au milieu d'un champ de mines :

— Je suis sûr qu'il souffre beaucoup. Une jeune fille mesurant moins d'un mètre soixante doit être capable d'infliger bien des traumatismes à un plaqueur d'un mètre quatre-vingt-dix et pesant ses cent kilos, n'est-ce pas ?

Le sarcasme est passé à des kilomètres au-dessus de la tête d'Albright.

— Exactement ! a-t-il braillé. Il va être obligé de mettre de la glace dessus, maintenant.

— Quelle horreur ! Ne vous inquiétez pas, Jessica sera châtiée en conséquence.

Apparemment, l'entraîneur ignorait soit le sens de « châtier » soit celui de « en conséquence », parce qu'il a continué :

— J'en ai assez qu'elle aligne mes gars ! Débrouillez-vous pour qu'elle se tienne loin d'eux.

Goodheart a posé son hamburger géant, s'est levé et s'est dirigé vers la porte.

— Je m'en charge, Frank, a-t-il répété en le poussant doucement dans le couloir avant de refermer le battant. Ouf ! a-t-il ajouté, une fois que nous avons été seuls.

Il s'est rassis et a mordu un bon coup dans son sandwich.

— Bon, a-t-il repris, la bouche pleine (mal élevé, va !) et du ketchup à la commissure des lèvres. Qu'est-il advenu de notre décision de ne plus nous attaquer aux gens plus grands que nous ?

— Ce n'est pas moi qui ai commencé, me suis-je défendue en fixant les taches de sauce tomate. C'est Jeff.

— Pour quelle raison, ce coup-ci ? a-t-il demandé en me passant les frites. Ton frère ?

— Non, ai-je répondu en en prenant deux et en les engouffrant. Ruth.

— Ruth ? Comment ça, Ruth ?

Il s'est octroyé une deuxième bouchée de hamburger, se barbouillant un peu plus de rouge.

— Jeff lui a balancé qu'elle était si grosse qu'il faudrait l'enterrer dans une caisse à piano, comme Elvis.

— C'est ridicule, a dégluti Goodheart. Elvis n'a pas été inhumé dans une caisse à piano.

— Je suis au courant, merci. En tout cas, vous comprenez maintenant pourquoi j'ai été obligée de lui en coller une.

— Très honnêtement, non, Jessica. Le problème, vois-tu, c'est que, à force de tomber à bras raccourcis sur ces garçons, l'un d'eux va bien finir par riposter. Tu risques de le regretter.

— Rassurez-vous. Ils essaient à chaque fois, mais je suis trop rapide pour eux.

— Certes. N'empêche, un jour, tu trébucheras et tu recevras la correction de ta vie.

— Ça m'étonnerait. Sachez que j'ai commencé à prendre des cours de savate.

— Pardon ?

— Oui, j'ai une vidéo.

— Une vidéo.

Soudain, le téléphone a sonné. S'excusant, Goodheart a décroché. Pendant qu'il discutait avec sa femme (qui, apparemment, avait un problème avec leur dernier-né, Russell), j'ai regardé par la fenêtre. Le paysage était des plus tristounets. Pour l'essentiel, le parking réservé aux profs et beaucoup de ciel. J'habite une ville très plate, et le ciel y est omniprésent. À cette heure, il était gris et couvert. Au-delà de la station de lavage de voitures située en face du lycée, de gros nuages noirs s'étaient amoncelés. Il pleuvait sûrement dans le comté voisin. Difficile de déterminer si nous allions être touchés nous aussi. D'après moi, oui.

— S'il refuse de manger, marmonnait Goodheart dans le combiné, ne le force pas... Non, je ne t'accuse pas de l'obliger à quoi que ce soit, je dis juste qu'il n'a peut-être pas faim pour l'instant... Oui, je sais qu'il faut que nous lui donnions des habitudes régulières, mais...

La station de lavage était déserte. Personne ne s'inquiète de bichonner sa voiture quand la pluie menace. En revanche, le fast-food où mon CE préféré avait acheté son hamburger et ses frites était bondé. Seuls les élèves de Terminale ont le droit de quitter l'enceinte du lycée pendant le déjeuner, et ils envahissent toujours le McDo ou le Pizza Hut, de l'autre côté de la rue.

— Très bien, a conclu Goodheart en raccrochant. Où en étions-nous, Jess ?

— Vous me disiez qu'il fallait que j'apprenne à me contrôler.

— Exactement ! C'est *exactement* ce que j'attends de toi, Jessica.

— Sinon, un de ces jours, je vais avoir des ennuis.

— Juste !

— Et qu'il serait bon que je compte jusqu'à dix la prochaine fois que je suis en colère.

— Absolument ! acquiesça Goodheart, de plus en plus enthousiaste.

— Et que, si je veux réussir dans la vie, je dois admettre que la violence ne résout rien.

— C'est ça ! s'est-il écrié en claquant des mains. Enfin, tu comprends, Jessica !

Je me suis levée. Depuis presque deux ans que je fréquentais ce bureau, j'avais une idée assez claire des opinions de Goodheart. Autre avantage, j'avais passé tellement de temps à patienter dans l'antichambre en lisant diverses brochures que j'avais définitivement éliminé une carrière au sein des forces armées.

— Je crois avoir saisi, Monsieur Goodheart. Merci beaucoup. Je vais tâcher de m'améliorer.

J'avais presque réussi à m'éclipser quand il a lancé, avec cette amabilité qui le caractérise :

— Un instant, Jess.

Je me suis retournée.

— Oui ?

— Tu es consignée pour une nouvelle semaine, a-t-il annoncé en mâchonnant une frite. Tu n'auras qu'à l'ajouter aux sept dont tu as déjà écopé.

Je lui ai souri.

— Monsieur Goodheart ?

— Oui, Jessica ?

— Vous avez du ketchup plein la bouche.

Pas la plus brillante des reparties, je l'admets. Enfin, il n'avait pas menacé d'appeler mes parents, et c'était toujours ça. Sinon, il en aurait entendu des vertes et des pas mûres. Qu'est-ce qu'une semaine de colle supplémentaire, en comparaison ? D'ailleurs, j'avais cumulé tant de jours de retenue que j'avais abandonné toute idée d'avoir jamais une vie personnelle hors du bahut. Dommage que les colles ne comptent pas dans le dossier comme activité extrascolaire, autrement j'aurais eu toutes mes chances auprès de pas mal d'universités[1].

Et puis, la punition n'est pas si terrible. Elle consiste à rester assis pendant soixante minutes. Ceux qui le souhaitent peuvent faire leurs devoirs. Ou lire un magazine. Il nous est seulement interdit de parler. Le plus embêtant sans doute, c'est qu'on rate le bus de ramassage scolaire. En même temps, qui a envie de le prendre ? Les seuls à se taper le bus, ce sont les bébés de Troisième et les minables qui n'ont pas de voiture. Depuis que Ruth a eu son permis, toutes les excuses sont bonnes pour conduire[2]. Elle est carrément accro. Grâce à quoi, j'ai mon chauffeur quotidien pour me ramener chez moi. Mes parents n'ont pas encore découvert la vraie raison de mes retours tardifs à la maison.

Je leur ai raconté que je m'étais inscrite à la fanfare.

Heureusement qu'ils ont des priorités autrement plus importantes que celle d'assister aux matchs,

---

1. Aux États-Unis, l'admission en université se fait après une série de tests standards, les SAT (*Scholastic Aptitude Test*), un peu l'équivalent de notre bac, mais aussi en fonction du dossier scolaire de chaque élève, lequel est jugé sur ses activités extra-scolaires. Plus il en a cumulé, plus il a de chances de faire bonne impression auprès de la commission de sélection de la fac qu'il vise.
2. Les jeunes Américains peuvent conduire dès l'âge de seize ans.

parce qu'ils auraient tôt fait de noter mon absence au côté des flûtistes[1].

Bref, quand Ruth est passée me chercher cet après-midi-là à quatre heures, le jour où tout a commencé, le jour où j'ai filé un marron à Jeff Day, elle ne savait pas comment s'excuser. Après tout, c'était sa faute si j'avais eu des ennuis.

— Omondieu, Jess ! s'est-elle exclamée en me retrouvant devant l'auditorium.

Il y a tellement d'élèves collés au lycée Ernest-Pyle qu'ils ont été obligés de nous installer dans la salle de spectacles. C'est un peu gênant pour le club de théâtre qui s'y retrouve tous les jours à trois heures, même si nous sommes censés leur ficher la paix et réciproquement, sauf quand ils ont besoin des costauds du dernier rang pour déplacer un décor.

Maintenant, je connais par cœur la pièce *Notre Ville*[2]. Ça, c'est le plus.

À quoi ça sert de connaître par cœur la pièce *Notre Ville* ? Ça, c'est le moins.

— Omondieu, Jess ! piaillait Ruth. Tu aurais vu ça. Jeff était dans les condiments jusqu'au cou, il avait

---

1. Outre-Atlantique, tout lycée se respectant a une fanfare qui vient encourager ses équipes sur le terrain, au même titre que les pom-pom girls.

2. De Thornton Wilder (1897-1975), dramaturge américain qui a, entre autres, écrit le scénario de *L'Ombre d'un doute* réalisé par Hitchcock (1943). Une de ses pièces a été adaptée pour devenir la très célèbre comédie musicale *Hello Dolly*. *Notre Ville* raconte les déboires et conflits de plusieurs familles dans une bourgade de la Nouvelle-Angleterre.

de la mayo plein son T-shirt. Tu as été géniale. Tu n'étais pas obligée, tu sais, tu as été vraiment sympa.

J'étais sacrément pressée de rentrer chez moi. C'est bien joli les retenues, ça permet de s'avancer dans ses devoirs. N'empêche, c'est quand même barbant. Comme l'école en général, d'ailleurs.

— Laisse tomber, ai-je répondu. Tirons-nous d'ici.

Malheureusement, lorsque nous avons débouché sur le parking, le petit cabriolet rouge de Ruth – qu'elle s'est offert avec l'argent de sa bat-mitsvah[1] – n'était pas là. D'abord, je n'ai rien dit. Je sais à quel point elle adore cette bagnole, pas question que je me charge de lui annoncer qu'on venait de la lui voler. Puis, constatant que nous restions plantées là, Ruth à me seriner combien j'étais formidable et moi à regarder mes camarades de détention grimper dans leurs camionnettes ou sur leurs motos (la plupart des collés sont soit des Culs-Terreux, soit des Jeunes Délinquants, je suis la seule Bourge), j'ai fini par lancer :

— Euh... Où est ta voiture, Ruth ?

— Oh, a-t-elle expliqué, parfaitement sereine, je

1. Bat-mitsvah (pour les filles) et bar-mitsvah (pour les garçons) : fête religieuse juive qui marque l'entrée des adolescents dans la vie adulte. En général célébrée à 13 ans, mais parfois plus tardivement. Un peu l'équivalent de la communion solennelle chez les catholiques.

l'ai ramenée chez moi après les cours et j'ai demandé à Skip de me déposer ici.

Skip est le frère jumeau de Ruth. Avec l'argent de sa bar-mitsvah, lui s'est acheté une Trans Am. Comme si un coupé sport allait lui donner une quelconque chance de coucher. Laissez-moi rire !

— J'ai pensé que ce serait chouette de rentrer à pied, a enchaîné mon amie.

J'ai contemplé les nuages qui un peu plus tôt dans la journée s'accumulaient au-dessus de la station de lavage. Ils étaient presque sur nous, maintenant.

— Ça fait plus de trois kilomètres, lui ai-je rappelé.

— Oui ! s'est-elle écriée, toute joyeuse. Comme ça, en marchant vite, nous perdrons plein de calories.

— Il va tomber des cordes, Ruth.

— Pas du tout, a-t-elle persisté après un vague coup d'œil au ciel.

— Bien sûr que si, ai-je objecté en la dévisageant. Tu es folle ou quoi ? Tu as pris du crack ?

Elle s'est vexée. Il ne lui en faut pas beaucoup, si vous voulez mon avis. Mais bon, elle avait encore la vacherie de Jeff sur le cœur. La balade, c'était dans l'espoir de maigrir. Je devinais aussi qu'elle allait se priver de déjeuner pendant une semaine. Tout ça à cause de – excusez mon langage – ce trouduc.

— Je ne me drogue pas ! J'estime seulement qu'il serait temps que, toutes les deux, nous retrouvions un peu la forme. C'est bientôt l'été, et je refuse de passer de nouveau quatre mois à m'inventer des excuses pour refuser les invitations des uns et des autres à des fêtes au bord de leur piscine.

Je lui ai ri au nez.

— Personne ne nous invite jamais à des fêtes au bord d'une piscine.

— Parle pour toi ! Et puis, la marche est une forme d'exercice parfaitement respectable. On peut brûler autant de calories en marchant trois kilomètres qu'en les courant.

— Ce sont des âneries, Ruth. Qui t'a raconté ça ?

— C'est un fait avéré. Bon, on y va ou non ?

— Je suis surprise que tu prêtes attention à ce que peut dire un fumier comme Jeff Day.

— Je me fiche de Jeff Day. Ça n'a rien à voir. Je te le répète, il est temps de nous occuper de nous.

Je l'ai observée plus attentivement. Quel tableau ! Ruth est ma meilleure amie depuis la maternelle, époque à laquelle sa famille a emménagé dans la maison voisine de la mienne. Le plus drôle, c'est que, mis à part que ses seins ont poussé (et ils sont plutôt imposants, bien plus gros que ceux que je n'aurais jamais à moins de me faire poser des implants, ce qui est exclu), elle a exactement la même allure que le jour où je l'ai rencontrée : cheveux bouclés châtain clair, énormes yeux bleus derrière des lunettes à monture dorée, une bedaine de taille respectable et un QI de 167 (information à laquelle j'ai eu droit dans les cinq premières minutes de notre première marelle commune).

Qui aurait cru cependant qu'elle était inscrite en cours avancé dans toutes les matières[1], vu la façon dont elle était attifée ? Pour commencer, elle portait un caleçon noir, un gigantesque sweat-shirt hilarant marqué « Vive la Santé ! » et des chaussures de jogging. Pas mal, non ? Et ce n'est qu'un début. Elle avait complété sa tenue de guerre avec des bandeaux en éponge – sérieux ! – lui ceignant les poignets et le front. Une grande gourde pleine de flotte était enfouie dans une besace accrochée à son épaule. Aucun doute, elle était convaincue de ressembler à une athlète olympique, si ce n'est qu'elle évoquait plutôt une femme au foyer déjantée venant d'acquérir *Tous en forme avec Oprah*[2] au Grand Livre du Mois.

Tandis que je la reluquais en réfléchissant à la meilleure manière de lui annoncer que les bandeaux en éponge, c'était un peu *too much*, un des types collés avec moi s'est approché sur une Indian[3] mirifique.

---

1. Aux États-Unis, les élèves les plus doués dans une matière peuvent suivre des cours d'un niveau supérieur à celui requis par le cursus normal.
2. Allusion à Oprah Winfrey, grande prêtresse des talk-shows télévisés outre-Atlantique.
3. La plus célèbre marque de motos américaines (fondée en 1901), avec Harley-Davidson qui date de la même époque.

Puis-je profiter de l'occasion pour préciser que mon seul rêve a toujours été de posséder une moto ? En outre, celle-ci ronronnait joliment. J'ai horreur des mecs qui enlèvent le silencieux de leurs bécanes, histoire de vous massacrer les tympans quand ils s'entraînent à sauter par-dessus les ralentisseurs du parking des profs. Mais ce gars-là avait réglé sa machine de façon à ce qu'elle n'émette pas plus de bruit qu'un chaton. Noire, bardée de chromes étincelants, c'était vraiment une belle bête. Le top !

Quant au bonhomme perché dessus, il n'était pas trop vilain à regarder lui non plus.

— Hé, Mastriani ! m'a-t-il apostrophée en posant un pied botté sur le trottoir. Je t'emmène ?

Si Ernest Pyle, célèbre reporter de notre Indiana chéri, s'était levé de sa tombe pour me demander quelques tuyaux journalistiques, je n'aurais pas été plus ahurie.

J'aime à croire que je l'ai habilement caché, néanmoins.

— Non merci, ai-je répondu d'une voix suave. Nous préférons marcher.

— Il va tomber des hallebardes, a-t-il dit en examinant le ciel.

Sur un ton qui laissait supposer que j'étais une vraie gourde de ne pas m'en être aperçue.

— Nous préférons marcher, ai-je répété avec un coup de tête en direction de Ruth, histoire qu'il pige.

Il a haussé ses épaules gainées de cuir.

— Libre à toi de mourir noyée ! a-t-il conclu en mettant les gaz.

Je l'ai suivi des yeux en tâchant de ne pas m'attarder sur la façon charmante dont son jean étroit dessinait les contours parfaits de son petit derrière.

Derrière qui, d'ailleurs, n'était pas la seule chose aux contours parfaits, chez lui.

On se calme ! Je parle de son visage, OK ? De beaux traits et une mâchoire ferme, ce qui me changeait de la plupart des types qui fréquentent mon lycée. Au moins, il respirait l'intelligence. Quelle importance si son nez paraissait avoir été cassé, à maintes reprises qui plus est ? Bon, d'accord, sa bouche était un peu tordue elle aussi, et ses boucles brunes auraient eu besoin d'une bonne coupe. Mais ces légers défauts ne faisaient qu'accentuer une paire d'yeux d'un bleu si clair qu'on les aurait crus plutôt gris pâle, et des épaules si carrées que je doute que j'aurais vu grand-chose de la route, au cas bien improbable où j'aurais terminé à califourchon sur cette bécane, passagère échevelée et ravie.

Ruth, elle, a semblé ne percevoir aucune de ces merveilleuses qualités. Elle me fixait comme si elle m'avait prise en flagrant délit de fraternisation avec un cannibale.

— Omondieu, Jess ! s'est-elle écriée. Qui c'est, *ce mec* ?

— Il s'appelle Rob Wilkins.

— Un Cul-Terreux ! Omondieu, Jess, ce mec est un Cul-Terreux ! Comment as-tu osé lui parler ?

Ne vous inquiétez pas, j'y arrive.

Il existe deux types d'individus, au lycée Ernest-Pyle : ceux qui viennent des campagnes environnantes, ou « Culs-Terreux », dits aussi « Bouffeurs-d'Avoine », et ceux qui habitent la ville, ou « Bourges ». Ces catégories ne se mélangent pas, un point c'est tout. Les Bourges pensent qu'ils valent mieux que les Culs-Terreux parce qu'ils ont de l'argent (la majorité sont gosses de médecins, d'avocats ou de profs), et les seconds méprisent les premiers parce qu'ils sont doués pour des trucs comme réparer de vieilles motos, mettre au monde des veaux, etc. Les parents des Culs-Terreux sont ouvriers à l'usine ou paysans.

Il y a aussi des sous-classes, comme les JD (ou Jeunes Délinquants), les Sportifs (élèves populaires, athlètes et pom-pom girls), etc. Cependant, le bahut est surtout divisé en Culs-Terreux et Bourges. Ruth et moi sommes des Bourges. Rob Wilkins – faut-il le préciser ? – est un Cul-Terreux. Par-dessus le marché, je suis quasi certaine qu'il est également un JD.

Mais comme aime à me le répéter Goodheart, moi aussi. Ou du moins, ça ne va pas tarder si je ne commence pas à prendre un peu plus au sérieux ses conseils concernant la gestion de mes emportements.

— Où diable l'as-tu rencontré ? poursuivait Ruth, éberluée. Impossible qu'il soit en cours avec toi, il n'a pas le profil à préparer la fac. Tout au plus la prison, a-t-elle ricané. Et puis, il a l'âge d'être en Terminale.

Je sais. Drôlement snob, hein ?

En réalité, elle ne l'est pas. Snob. Elle a peur, c'est tout. Les mecs, les vrais, pas les idiots comme son frère, l'effraient. Malgré son QI de 167, elle n'a jamais réussi à les comprendre. Elle ne parvient tout bonnement pas à admettre qu'ils sont exactement comme nous.

Enfin, à quelques détails près.

De taille, les détails.

— J'ai fait sa connaissance en retenue, ai-je expliqué. On y va, maintenant ? Il va pleuvoir, et je dois travailler ma flûte.

Malheureusement, elle n'avait pas l'intention de lâcher l'affaire, la bougresse.

— Sérieux, tu aurais accepté qu'il t'emmène ? Un parfait étranger ? Si je n'avais pas été là, s'entend ?

— Aucune idée.

Ce qui était la vérité. J'espère que vous n'avez pas présumé que c'était la première fois qu'un gars proposait de me raccompagner (et plus si affinités). J'avoue mon penchant à jouer des poings un peu facilement, ça ne signifie pas pour autant que je suis un cageot. Peut-être du genre fluet – moins d'un mètre soixante, comme se plaît à me le rappeler Goodheart à chacune de mes visites – et pas très portée sur le maquillage ou les fringues mais, croyez-moi, je me débrouille très bien, rayon garçons. Je ne suis pas un top-modèle, d'accord. J'ai les cheveux courts parce que je n'ai pas envie de m'en occuper, leur couleur brune me va très bien – ce n'est pas moi que vous surprendrez à essayer des balayages, contrairement à certaines que je pourrais citer – et s'accorde d'ailleurs parfaitement à mes yeux bruns qui s'accordent eux-mêmes très bien à ma peau mate (à la fin de l'été, en tout cas).

Et l'unique raison pour laquelle je reste chez moi le samedi soir, c'est que l'alternative consiste à sortir avec des nuls comme Jeff Day ou Skip (le frère de Ruth), parce que ce sont les seuls mecs que ma mère accepte de me laisser fréquenter.

Vous avez compris. Des Bourges. Je n'ai l'autorisation de me frotter qu'à « des garçons qui se destinent à l'université ». Autrement dit, des Bourges.

Bien, où en étais-je ? Ah, oui.

Pour répondre à votre question, non, Rob Wilkins n'était pas le premier type à m'inviter à me ramener.

En revanche, il était le premier à qui j'aurais pu dire oui.

— Oui, ai-je fini par admettre à haute voix. J'aurais sans doute accepté si tu n'avais pas été là.

— Tu me scies ! a piaillé Ruth.

Sur ce, elle est partie d'un bon pas. Les nuages

nous collaient au train. À moins de marcher à cent soixante, nous ne leur échapperions pas. Or Ruth a du mal à dépasser le kilomètre à l'heure, le kilomètre et demi au mieux. Physiquement parlant, elle ne la tient pas, la fameuse forme à laquelle elle aspire.

— Tu me scies, a-t-elle répété. Tu ne peux quand même pas monter comme ça sur les motos des Culs-Terreux ! Dieu sait où tu finirais. Assassinée dans un champ de maïs, à coup sûr !

Pratiquement toutes les filles de l'Indiana qui disparaissent terminent dans un champ de maïs, à demi nues et décomposées[1]. Mais bon, je ne vous apprends rien, là, les gars, non ?

— Tu es vraiment zarbi, poursuivait Ruth. Il n'y a que toi pour t'acoquiner avec ces mauvais garçons.

Je n'arrêtais pas de vérifier derrière moi où en étaient les nuages. Énormes. De vraies montagnes. Sauf que, contrairement aux montagnes, eux se déplaçaient.

— Je ne m'acoquine pas, d'abord. Et puis, ça me paraît difficile de ne pas fraterniser, ai-je protesté. Nous passons une heure par jour ensemble, et ce depuis trois ou quatre mois.

— Bon sang, ce sont des *Culs-Terreux* ! Omondieu, Jess ! Ne me dis pas que tu leur *parles* ?

— Nous n'avons pas le droit de bavarder. Mais

1. L'Indiana, État agricole s'il en est, est réputé pour sa culture du maïs.

comme Mlle Clemmings fait l'appel, on finit par apprendre les noms des uns et des autres. Difficile à éviter.

— Omondieu ! s'est-elle exclamée derechef en secouant la tête. Mon père me tuerait, il me *tuerait*, tu entends, si je revenais à la maison sur la moto d'un Cul-Terreux.

Je n'ai pas relevé. Les chances que Ruth soit invitée à monter à l'arrière d'une bécane frôlaient le zéro.

— Je reconnais qu'il n'était pas mal, a-t-elle enchaîné après quelques minutes de silence. Pour un Cul-Terreux, du moins. Qu'est-ce qu'il a fait ?

— Pour être collé ? Comment veux-tu que je le sache ? Il nous est défendu de discuter.

Permettez-moi de décrire un peu le chemin que nous suivions. Ernest-Pyle se trouve dans la rue du Lycée (original, non ?), une double voie en plein champ. Vous l'aurez deviné, il n'y a pas grand-chose dans les parages, en dehors du bahut bien sûr. Le McDo et la station de lavage sont situés sur l'avenue Pike. Que nous avions évitée, comme tout le monde depuis qu'une fille y a été renversée l'an dernier. Bref, nous avions descendu la rue du Lycée jusqu'au terrain de foot lorsque la pluie s'est mise à tomber.

À grosses gouttes.

— Ruth, ai-je dit d'une voix maîtrisée, quand la première d'entre elles m'a atteinte.

— Ça va passer, a-t-elle répondu.

Une deuxième goutte a suivi. Puis un grand éclair a déchiré le ciel et a paru frapper le château d'eau, à un peu plus d'un kilomètre de là. Ensuite, ça a tonné. Vraiment fort. Aussi fort que les chasseurs de la base aérienne de Crane lorsqu'ils franchissent le mur du son.

— Ruth, ai-je répété, toujours aussi calme.

— On devrait peut-être s'abriter quelque part.

— Voilà qui me paraît sacrément raisonnable.

Malheureusement, le seul refuge envisageable c'était les gradins métalliques entourant le stade du bahut. Et, comme on sait, on est censé éviter le métal pendant un orage.

C'est alors que le premier grêlon m'a frappée.

Si ce genre de mésaventure vous est déjà arrivée, vous comprendrez aisément pourquoi Ruth et moi nous sommes ruées sous les tribunes sans hésiter. Et si vous y avez échappé, estimez-vous heureux. Les grêlons en question avaient la taille de balles de golf. Je n'exagère pas. Ils étaient éléphantesques. Et – excusez mon langage – ces salopards faisaient rudement mal.

Coincées sous les bancs que bombardait l'averse de glace, nous avions l'impression d'être dans une énorme machine à pop-corn. Au moins, le pop-corn ne nous tombait plus sur la tête. Entre les éclats du tonnerre et le fracas de la grêle qui ricochait de tous côtés, il était difficile d'entendre quoi que ce soit. Il en faut plus pour arrêter Ruth, cependant.

— Désolée ! a-t-elle hurlé.

— Ouille !

Un grêlon monstrueux qui avait rebondi par terre venait de s'attaquer à ma cheville.

— Je suis sincèrement désolée, a répété Ruth. Crois-moi.

— Arrête de t'excuser. Ce n'est pas ta faute.

C'est ce que je pensais à ce moment-là. Depuis, j'ai changé d'avis. Comme vous le constaterez en relisant les premières lignes de ma *déposition*.

Un éclair démesuré a illuminé le ciel avant de se diviser en cinq fourches. L'une d'elle a touché un râtelier à maïs, de l'autre côté des arbres. Ça a tonné tellement fort que les gradins ont tremblé.

— Si, a repris Ruth en reniflant, c'est ma faute.

— Nom d'un chien, tu ne vas pas te mettre à pleurer !

— Si.

— Pourquoi ? Ce n'est qu'un orage idiot. Il nous est déjà arrivé de nous faire surprendre par des orages. (Je me suis appuyée contre un des piliers soutenant les tribunes.) Tu te rappelles ce jour, au CM2, où nous avons été piégées en rentrant de ta leçon de violoncelle ?

— Quand nous avons dû nous réfugier dans

l'église ? a précisé Ruth en essuyant son nez avec le revers de sa manche.

— Sauf que tu as refusé d'aller plus loin que le porche.

Elle n'a pu retenir un éclat de rire.

— J'étais sûre que Dieu allait me pulvériser sur place pour avoir osé mettre le pied dans un temple impie.

Ça m'a rassurée de la voir rire. Ruth est parfois pénible, mais elle reste ma meilleure amie depuis la maternelle, et on n'abandonne pas sa meilleure amie sous prétexte qu'il lui arrive d'arborer des bandeaux en éponge ou de fondre en larmes à la moindre petite pluie. Ruth est aussi bien plus intéressante que la plupart des filles du lycée. Elle lit un livre par jour (sans charre), elle aime autant jouer du violon que moi de la flûte, mais son génie avéré ne l'empêche pas pour autant de regarder des émissions débiles à la télé.

J'ajoute à ça que, la plupart du temps, elle est tordante.

Bon, d'accord, ce n'était pas le cas à ce moment-là.

— Omondieu ! a-t-elle gémi quand le vent s'est levé, nous aspergeant de grêlons malgré les bancs. Ce n'est plus un orage, c'est un ouragan, non ?

Le sud de l'Indiana se trouve en plein Couloir des

Tornades[1]. Notre État occupe le troisième rang dans la liste des endroits les plus touchés par celles-ci. J'en avais vécu bon nombre, tapie au sous-sol de la maison. Ruth moins, dans la mesure où elle n'avait passé que ces dix dernières années dans le Midwest. Par ailleurs, on était effectivement en pleine saison des cyclones.

J'avais beau ne pas vouloir inquiéter Ruth plus qu'elle ne l'était déjà, tous les signes d'une tornade digne de ce nom étaient réunis. Le ciel avait une drôle de couleur jaune, il faisait chaud mais le vent était glacial, sans parler de ces grêlons mortels...

J'ouvrais la bouche pour rassurer Ruth et décréter qu'il ne s'agissait probablement pas d'autre chose que d'une petite tempête printanière, lorsqu'elle s'est mise à brailler.

— Jess ! Ne...

La suite a été noyée dans le fracas d'une déflagration monumentale.

1. Tornado Alley : vaste région des États-Unis s'étalant du Texas à l'Indiana où l'on peut compter jusqu'à plus de mille tornades par an (activité maximale en mai et juin) parmi les plus violentes du monde.

2

J'ai appris plus tard qu'il n'y avait pas eu d'explosion – c'était l'éclair à cinq fourches qui avait frappé les gradins métalliques avant de parcourir le pilier – également métallique – contre lequel je m'appuyais.

Techniquement, on peut donc dire que j'ai été foudroyée.

Ça n'a pas été douloureux. Bizarre, mais indolore.

Revenue sur terre et l'ouïe enfin retrouvée, la première chose que j'ai entendue, ça a été les hurlements de Ruth. J'avais été éjectée à un mètre cinquante de l'endroit où je me tenais une seconde auparavant. J'avais l'impression de vibrer de partout, un peu comme quand on veut brancher un appareil et que, la tête ailleurs, on met les doigts dans la prise. C'était pile ce que j'éprouvais. En trois cents fois plus fort.

— Jess ! a piaillé Ruth en se précipitant pour me secouer par le bras. Omondieu, Jess, tu vas bien ?

Je l'ai dévisagée. C'était bien elle, ma bonne vieille Ruth. Avec ses bandeaux en éponge.

C'est à cet instant que moi, en revanche, j'ai commencé à ne plus être cette bonne vieille Jess. C'est là que tout à débuté.

Pour s'emballer et ne plus s'arrêter.

— Oui, ai-je répondu. Ça va.

Et en effet, je me sentais en pleine forme. Sans mentir. À ce moment, du moins. J'étais juste secouée. Je n'avais aucun mauvais pressentiment. Une fois la surprise passée, je trouvais même mon état plutôt agréable. Stimulant, si vous voyez ce que je veux dire.

— Hé ! ai-je annoncé en scrutant l'horizon. La grêle a cessé.

— Jess ! a insisté Ruth en continuant à me secouer. Tu as été foudroyée. Tu comprends ? Foudroyée !

J'ai tourné les yeux vers elle. Avec son bandeau autour de front, elle était marrante, et je me suis mise à me gondoler. Un jour que je participais à l'enterrement de vie de jeune fille de ma tante Teresa, j'avais profité de l'inattention générale pour avaler tous les verres de pinot que le garçon me servait – mon humeur me rappelait exactement celle d'alors : une envie de rire inextinguible.

— Tu ferais mieux de t'allonger, a décidé Ruth. Mets ta tête entre tes genoux.

— Pourquoi ? Tu veux que je me lèche le derrière ?

Ce qui a déclenché un nouvel accès d'hilarité hystérique. Toute la situation me paraissait d'une drôlerie irrésistible. Ruth, elle, n'avait pas l'air de trouver ça amusant.

— Non, a-t-elle répliqué. Tu es blanche comme un linge. Tu vas tomber dans les pommes. Je vais tâcher d'arrêter une voiture. Nous devons te transporter à l'hôpital.

— Oh, bon sang ! ai-je râlé. Je n'en ai pas besoin, de ton hôpital. La tempête est finie. Allons-y.

Et je suis sortie de sous les tribunes, comme si de rien n'était.

Très franchement, à ce moment-là, je le croyais sincèrement. Qu'il ne s'était rien passé. J'étais bien. Mieux que bien, même. Mieux que depuis des mois. Que depuis le retour de mon frère Douglas de l'université.

Ruth m'a emboîté le pas, l'air très inquiet.

— Jess, a-t-elle repris, tu ne devrais pas essayer de...

Le ciel s'était éclairci et, sous mes pieds, les grêlons craquaient, comme si quelqu'un avait accidentellement renversé un verre plein de glaçons célestes par terre.

— Regarde ! l'ai-je interrompue en montrant le sol. On dirait de la neige. De la neige en avril !

Malheureusement, Ruth a refusé de s'intéresser aux grêlons. Elle avait beau les fouler à grand bruit, elle ne leur a pas prêté la moindre attention. La seule chose qu'elle fixait, c'était moi.

— Jessica, a-t-elle recommencé en me prenant la main. Jessica, écoute-moi.

Elle chuchotait presque, maintenant, mais je l'entendais parfaitement, parce que le vent était tombé, et que le tonnerre s'était tu.

— Jessica, tu ne vas pas bien, crois-moi. J'ai vu... j'ai vu un éclair sortir de ton corps.

— Ah ouais ? me suis-je esclaffée. Super.

Dégoûtée, elle m'a lâchée et s'est éloignée.

— À ta guise, a-t-elle maugréé. Ne va pas à l'hôpital. Meurs d'une crise cardiaque. Je m'en fiche.

Je l'ai suivie en shootant dans les grêlons, l'esprit blagueur.

— Dommage que cet éclair n'ait pas surgi en pleine cafète, non ? Pour le coup, Jeff Day aurait vraiment regretté ses paroles.

Visiblement guère amusée, Ruth a continué à avancer. Elle soufflait un peu parce qu'elle marchait vite. Mais comme vite pour elle, c'est normal pour moi, je n'avais aucun mal à rester à sa hauteur.

— Et ce n'aurait pas été chouette si j'avais pu cracher des éclairs à l'assemblée générale de cet après-midi ? Tu sais, quand la mère Bushey s'est levée pour nous mettre au défi de toucher à la drogue ? Je te parie que ça lui aurait cloué le bec.

J'ai continué sur ce ton-là jusqu'à la maison. Ruth a eu beau essayer de rester furieuse après moi, elle n'a pas réussi. Pas parce que je suis irrésistible, rigolote, ni rien de tout ça : parce que l'ouragan avait commis de sacrés dégâts sur son passage. Des branches par dizaines avaient été arrachées et gisaient sur la chaussée, des pare-brise avaient été fracassés par la grêle, des feux de signalisation avaient carrément cessé de fonctionner. Vraiment très chouette. Des tas d'ambulances et de camions de pompiers nous ont dépassées et, quand nous avons fini par atteindre le Kroger, au coin de la rue du Lycée et de la Première Rue, là où nous bifurquons pour rentrer chez nous, l'enseigne avait été coupée en deux – le KRO s'était envolé au diable, ne pendouillait plus que le GER.

— Hé, Ruth, ai-je dit. Ger est ouvert, Kro est fermé.

Même elle n'a pu résister à ça.

Lorsque nous avons regagné nos maisons respectives – je vous ai dit que nous étions voisines ? – Ruth avait surmonté ses craintes quant à ma santé. Enfin, je le pensais. J'étais sur le point de remonter l'allée menant à mon porche lorsqu'elle a poussé un très,

très gros soupir et m'a lancé :

— Jessica ? Tu devrais avertir tes parents. De ce qui est arrivé.

Ben tiens ! Comme si j'allais les embêter avec des peccadilles pareilles. Ils avaient suffisamment de soucis. Je n'ai pas répondu, mais Ruth avait dû lire dans mes pensées parce qu'elle a ajouté :

— Je ne plaisante pas, Jess. Dis-leur. J'ai lu quelque part que des gens frappés par la foudre étaient en pleine forme tout de suite après, et puis vlan ! crise cardiaque.

— Ruth...

— S'il te plaît. Je sais qu'ils n'ont pas besoin de ça, avec Douglas et...

— Douglas va très bien, l'ai-je aussitôt coupée.

— D'accord, Douglas va bien. Écoute, promets-moi seulement d'en parler, si jamais tu commences à te sentir... bizarre.

Ça m'a paru raisonnable, alors j'ai solennellement juré de ne pas mourir d'un arrêt du cœur, et nous nous sommes quittées sur un mutuel « à plus ».

Ce n'est pas avant d'être arrivée à la porte que je me suis rendu compte que le cornouiller planté au bout de l'allée, en pleine floraison le matin même, était de nouveau complètement dénudé, comme au beau milieu de l'hiver. La grêle avait arraché toutes ses feuilles et ses fleurs.

En littérature, on n'arrête pas d'évoquer le symbolisme et autres machins du même acabit. Genre, le vieux chêne desséché dans *Jane Eyre*, qui préfigure le malheur et tout et tout. J'en déduis que, si ma *déposition* était une œuvre de fiction, on pourrait affirmer que ce cornouiller présageait de mon futur, à savoir que ma vie n'allait plus être tout aussi au poil dorénavant.

Sauf que, bien sûr, à l'instar de Jane, je n'avais aucune idée de ce qui m'attendait. Sur le moment, le symbolisme du cornouiller dépouillé m'a donc totalement échappé. J'ai juste pensé que c'était dommage, que cet arbre était joli avant que la grêle ne le ravage.

Sur ce, je suis rentrée.

3

Comme il doit être important que je donne mon adresse dans cette *déposition*, je vous signale que j'habite avec mes parents et mes deux frères sur Lumley Lane, dans une vaste maison, la plus belle de la rue.

Je ne frime pas. C'est la pure vérité. C'était une ferme, autrefois, mais du genre plutôt chicos, avec vitraux et autres délicatesses du même acabit. Des membres de la Société historique de l'Indiana ont déboulé un jour pour apposer une plaque sur la façade, dans la mesure où c'est la plus ancienne demeure de la ville.

Attention ! Ce n'est pas parce que nous vivons dans une vieille baraque que nous sommes pauvres. Mon père possède trois restaurants dans le centre, à seulement huit ou neuf rues de là. 1) *Mastriani*, cher ; 2) *Joe*, pas cher ; et 3) *Petit Joe*, encore meilleur marché, où l'on vend de la bouffe à emporter. J'ai le droit de manger quand je veux dans chacun des trois, sans payer. Mes amis aussi.

Je vous vois venir, vous ! Vous allez en conclure aussi sec que j'ai des tas d'amis. Faux ! En dehors de Ruth, je ne fréquente que quelques rares personnes, pour la plupart des membres de l'orchestre. Ruth y est premier violoncelle, j'y suis troisième flûte. Je ne me mêle qu'à mes collègues, notamment les deuxième et cinquième flûtes, plus quelques trompettistes et une ou deux autres violoncellistes qui ont reçu l'aval de Ruth. Sinon, je suis plutôt une solitaire.

Si l'on ne tient pas compte de mes codétenus consignés, naturellement.

Ma chambre se trouve au deuxième et dernier étage, la seule pièce à ce niveau, avec ma salle de bains perso. C'était le grenier, avant. Les plafonds y sont bas, les fenêtres en mansarde. Autrefois, j'arrivais à me faufiler complètement dans une des fenêtres. J'aimais m'asseoir là pour observer ce qui se passait sur Lumley Lane : pas grand-chose en général, mais je dominais toute la rue et je trouvais ça chouette. Je faisais semblant d'être gardienne de phare, guettant les bateaux qui s'échouaient sur notre pelouse dont je me plaisais à imaginer qu'elle était une côte traîtresse.

Un peu d'indulgence, que diable ! Je n'étais qu'une gamine.

Et, d'après Goodheart, j'avais déjà des problèmes.

Passons. Pour accéder aux étages, il faut emprunter l'escalier situé à droite de la porte d'entrée, dans ce que ma mère, avec son accent français, appelle le hall. (Elle prononce « hâââll », de la même façon qu'elle dit « Tarjay » pour Target, le magasin où nous achetons nos serviettes de toilette. Son sens de l'humour bien à elle. Eh oui, elle est comme ça.) Le seul problème, c'est que le hâââll donne directement sur le salon, qui a des portes-fenêtres menant à la salle à manger, laquelle a des portes-fenêtres ouvrant sur la cuisine. Bref, de l'autre bout de la maison, à travers toutes ces pièces en enfilade, ma mère voit qui entre. Impossible de grimper sans être repéré.

Ça n'a pas loupé cet après-midi-là non plus. M'apercevant, elle a hurlé – la cuisine est assez loin :

— Jessica ! Viens un peu par ici !

M'interrogeant sur la bêtise que j'avais bien pu commettre cette fois, et espérant que Goodheart n'avait pas pris d'initiative malheureuse, tel un coup de téléphone, j'ai posé mon sac, ma flûte et tout mon bazar sur le banc judicieusement placé près de l'escalier et j'ai entrepris d'effectuer le long trajet jusqu'à la cuisine en inventant un prétexte crédible destiné à expliquer mon retard, au cas où ma mère aurait été furax.

— J'avais une répétition à la fanfare... ai-je commencé.

Le temps d'arriver à la salle à manger – équipée, s'il vous plaît, d'une sonnette dissimulée dans le plancher, sous la chaise en bout de table, de façon à ce que Madame puisse, d'une simple pression du pied, signaler aux bonnes qu'il est temps d'apporter le dessert, ce qui, dans la mesure où nous n'avons jamais eu de bonnes, a toujours représenté une vraie plaie, surtout quand nous étions tout mômes (allez empêcher des gamins de s'amuser à sonner à tout bout de champ), et rendait ma mère, en général postée dans la cuisine, positivement dingue –, j'avais peaufiné mon mensonge.

— ...et ça s'est éternisé, m'man. À cause de l'orage, nous avons dû nous réfugier en catastrophe sous les gradins, il y avait des tas d'éclairs, et...

— Regarde-moi ça !

Elle m'a flanqué une lettre sous le nez. Mon frère Mike était avachi devant le plan de travail. Il paraissait mécontent, mais il faut préciser que, aussi loin que je me souvienne, il n'a jamais eu l'air heureux de sa vie, sauf le jour où mes parents lui ont offert un Mac pour Noël. C'est la seule fois où j'ai vu un vague sourire se dessiner sur ses lèvres. J'ai contemplé la missive. Je n'arrivais pas à la lire, parce que ma mère me la collait sur la figure. De toute façon, ce n'était pas utile, car elle a enchaîné :

— Devine, Jessica ! Devine un peu ! C'est une lettre de Harvard. Et que dit-elle, à ton avis ?

— Félicitations, Mike !

— Merci, a-t-il répondu sans beaucoup d'enthousiasme.

— Mon petit garçon ! a repris ma mère en brandissant le courrier dans tous les sens. Mon petit Mikey ! Harvard ! Seigneur, je n'arrive pas à y croire !

Sur quoi, elle s'est lancée dans une drôle de gigue.

D'ordinaire, elle n'est pas aussi zarbi. Grosso modo, elle ressemble aux autres mères. Elle donne parfois un coup de main à mon père pour les factures ou les feuilles de paie, même si elle préfère en général rester à la maison pour se consacrer à des tâches surprenantes, comme réparer les joints de la salle de bains. À l'instar de la plupart des mères, elle est gaga de ses gosses. L'acceptation de Mike à Harvard, bien que guère surprenante vu les notes qu'il avait obtenues à ses SAT[1], était donc vraiment importante pour elle.

— J'ai déjà prévenu ton père, a-t-elle précisé. Ce soir, nous fêtons ça chez *Mastriani* ! Homard pour tout le monde !

— Génial. Ruth peut venir ?

— Naturellement. Nous est-il déjà arrivé de sortir dîner en famille sans elle ?

---

1. Voir note 1 page 16.

C'est ce qui s'appelle de l'ironie inconsciente. Elle apprécie Ruth. Enfin, je crois.

— Et toi, Michael, tu souhaites inviter quelqu'un ?

À sa façon de dire « quelqu'un », il était clair qu'elle entendait une fille. Malheureusement, Mike n'en a jamais aimé qu'une, Claire Lippman, qui vit à deux maisons de là. Or Claire Lippman, qui a un an de moins que Mike et un an de plus que moi, est à peine consciente de l'existence de mon frère. Elle est bien trop occupée à jouer les vedettes dans toutes les pièces et comédies musicales du lycée pour prêter attention au fort en thème de Terminale du bas de la rue qui l'épie chaque fois qu'elle prend le soleil en bikini sur le toit de son garage, occupation à laquelle elle s'adonne chaque jour d'été sans exception, sitôt l'année scolaire terminée. Elle ne quitte pas son poste avant le Labor Day[1], à moins qu'un beau garçon se pointe en voiture pour lui proposer d'aller se baigner aux carrières.

Soit elle est accro aux ultraviolets, soit c'est une exhibitionniste. Je n'ai pas encore réussi à trancher.

De toute façon, il n'y avait aucune chance que mon frère invite « quelqu'un » à dîner avec nous, dans la mesure où Claire aurait réagi par un « Euh... mais qui

1. Fête du Travail, célébrée chaque premier lundi de septembre aux États-Unis.

es-tu ? » s'il avait seulement eu le cran de lui adresser la parole.

— Non, a-t-il donc bougonné, embarrassé.

Il était rouge comme une pivoine, alors qu'il ne s'agissait que de maman et moi. Vous imaginez si Claire Lippman avait été là ?

— Couard n'aura jamais belle amie[1], a soupiré ma mère.

En sus d'adopter fréquemment un faux accent français, elle aime citer Shakespeare ou Gilbert et Sullivan.

À la réflexion, elle ne ressemble sans doute pas tant que ça aux autres mères.

— Message reçu, a grommelé Mike. Pas ce soir, s'il te plaît. D'accord ?

— Très bien, a-t-elle répondu en haussant les épaules. Quant à toi, Jessica, si tu viens, permets-moi de t'annoncer qu'il est hors de question que ce soit dans *cette tenue.*

Cette tenue étant ce que je porte d'ordinaire – T-shirt, jean et baskets.

— Dépêche-toi d'aller enfiler cette robe en calicot que je t'ai faite pour Pâques.

Ma mère a cette manie de nous coudre, à elle et moi, des vêtements assortis. Je suis tout ce qu'il y a de plus sérieuse. C'était mignon quand j'avais six ans,

1. Citation de *Iolanthe*, une opérette du compositeur anglais Arthur Sullivan (1842-1900) et de son librettiste attitré, Gilbert.

mais à seize, laissez-moi vous dire que ça n'a rien de mignon. D'autant que toutes les fringues qu'elle conçoit sont du genre Laura Ingalls[1].

Vous seriez en droit d'estimer que, n'ayant aucun mal à flanquer des baffes à des plaqueurs débiles, je n'en éprouve aucun non plus à exiger de ma mère qu'elle cesse de me fabriquer des fringues assorties aux siennes. Logique. Mais si votre père avait promis, à condition que vous acceptiez de les mettre sans une plainte, de vous offrir une Harley pour vos dix-huit ans, vous les porteriez également. Et toc !

En résumé, j'ai dit d'accord, et je suis repartie vers l'escalier, celui des bonnes au siècle dernier, fin XIXe début XXe, date de construction de la maison.

— Je préviens Douglas, ai-je lancé.

— Oh ! a murmuré ma mère. Jess ?

Je l'ai royalement ignorée, ayant deviné la suite. À savoir qu'il était inutile d'embêter mon frère. C'est toujours comme ça, avec elle.

Personnellement, j'adore embêter Douglas. Par ailleurs, j'en ai discuté avec Goodheart, et il m'a affirmé que ça ne pouvait lui faire que du bien. Du coup, je m'y applique. En général, je m'approche de sa porte, laquelle est ornée d'un grand panneau sens interdit, et je frappe comme une sourde. Puis je braille : « Doug ? C'est moi, Jess ! », et j'entre. Il n'a

1. Héroïne de *La Petite Maison dans la prairie.*

plus le droit de s'enfermer à clé. Plus depuis que mon père et moi avons dû défoncer la porte à Noël dernier.

Bref, il était là, allongé sur son lit, une BD dans les mains. La couverture représentait un Viking et une fille à gros nichons. Voilà à quoi il s'occupe depuis son retour de la fac – à lire des BD. Et dans toutes, les filles ont de gros nichons.

— Devine un peu, ai-je dit en m'asseyant au pied de son lit.

— Mikey a été accepté à Harvard. J'ai entendu. Tout le quartier aussi, sans doute.

— Non. C'est pas ça.

Il m'a regardée par-dessus la couverture de son album.

— M'man veut fêter ça chez *Mastriani*. Je refuse d'y aller. Il va falloir qu'elle apprenne à vivre déçue. Et je te conseille de garder tes mains dans tes poches. Je n'irai pas, même si tu me files une raclée. D'ailleurs, je commence à envisager de me défendre.

— C'est pas ça non plus. Et je n'avais pas l'intention de te frapper. Enfin, pas beaucoup.

— C'est quoi, alors ?

— J'ai été foudroyée.

— Mon œil ! a-t-il riposté en reprenant sa lecture. N'oublie pas de fermer la porte en sortant.

— C'est vrai ! Ruth et moi attendions que la tempête se calme sous les gradins du stade...

— Ils sont en métal, a précisé Douglas en s'intéressant de nouveau à moi.

— Exact. J'étais appuyée contre un des piliers, un éclair est tombé sur les tribunes, et voilà que je me retrouve à un mètre cinquante de là, frissonnant de partout, et...

— N'importe quoi ! Tu racontes n'importe quoi, Jess.

N'empêche, il s'est assis.

— Je te jure que c'est la vérité. Tu n'as qu'à demander à Ruth.

— Tu n'as pas été foudroyée, sinon tu ne serais pas là pour en parler.

— Je te dis que si, Douglas.

— Montre-moi tes blessures, alors, a-t-il exigé en retournant ma main. Le point d'impact et celui de sortie. L'éclair devrait être entré par un endroit et ressorti par un autre. Dans les deux cas, tu aurais une cicatrice en forme d'étoile.

Tout en parlant, il a lâché ma main droite pour s'emparer de la gauche, qu'il a examinée également. Aucune de mes paumes ne portait de marque.

— Tu vois ! s'est-il exclamé, dégoûté. (Douglas sait ces choses-là parce qu'il passe sa vie à lire. De vrais livres, parfois, au lieu de BD.) Tu n'as pas été frappée par la foudre. Et arrête de colporter des âneries. La foudre tue des centaines de gens tous les ans.

Si ça t'était arrivé, tu serais dans le coma, pour le moins.

Sur ce, il s'est rallongé et a repris son album.

— Et maintenant, file, m'a-t-il ordonné en me poussant du pied. Je suis occupé. Avec un soupir, je me suis levée.

— D'accord. Mais tu vas le regretter. M'man a promis du homard.

— Nous avons mangé du homard le soir où j'ai été accepté à l'université d'État, a-t-il marmonné. Tu as vu comment ça s'est terminé.

— Très bien, espèce de gros bébé, ai-je lancé en lui tordant le gros orteil. Vautre-toi donc avec le capitaine Lars et Helga, sa blonde à forte poitrine.

— Elle s'appelle Oona, a objecté Doug en me contemplant un instant avant de se cacher une nouvelle fois derrière son bouquin.

Je suis sortie en prenant soin de fermer derrière moi, puis je suis montée dans ma propre chambre.

Je ne suis pas vraiment inquiète au sujet de Douglas. Je devrais l'être, je sais, mais non. Je suis sans doute la seule de la famille dans ce cas, à l'exception de mon père, peut-être. Douglas a toujours été étrange. J'ai l'impression d'avoir passé ma vie à dérouiller ceux qui traitaient mon frère aîné d'attardé, de mongolien ou de crétin. J'ignore pourquoi mais, bien que j'aie été en général beaucoup plus petite qu'eux, je me sentais obligée de leur aplatir le pif pour avoir manqué de respect à mon frangin.

Ça rendait ma mère folle, pas mon père. C'est d'ailleurs lui qui m'a appris à cogner de façon plus efficace en me conseillant de garder mon pouce à l'extérieur de mon poing. Petite, je le mettais à l'intérieur. C'est ainsi que je me le suis foulé à maintes reprises.

Douglas était furieux quand je me battais à cause de lui, et j'ai fini par me débrouiller pour qu'il ne l'apprenne pas. Je comprends. C'était sûrement humiliant d'avoir toujours une gamine dans les pattes qui tabassait les autres à sa place. Je ne pense pas que ça ait joué dans ce qui s'est produit plus tard, cependant. À Noël dernier, plus précisément. Quand il a essayé de se tuer. Soyons raisonnable – personne ne tente de se suicider simplement parce que sa petite sœur se battait à sa place, au collège ou ailleurs.

Euh... n'est-ce pas ?

Glissons. Une fois dans mes pénates, j'ai appelé Ruth pour l'inviter. J'avais beau savoir que, à cause de Jeff Day, cette journée marquerait le début d'un énième régime, je savais aussi qu'elle serait incapable de résister. Non seulement il y aurait du homard, mais il y aurait Michael. Ruth s'acharne à nous convaincre qu'elle n'aime pas mon frère. Entre vous et moi, elle en est dingue. Ne me demandez pas pourquoi. Ce mec, ce n'est vraiment pas un cadeau, vous avez ma parole.

Elle a réagi exactement comme je l'avais prévu.

— Je ne devrais pas. Le homard, c'est si calorique. Enfin, pas le homard en lui-même, tout le beurre qui va avec... En même temps, une petite exception par-ci par-là... Michael a été accepté à Harvard, ce n'est pas rien quand même.... Je ne peux pas louper ça... Bon, d'accord, j'en suis.

— Super ! Rejoins-moi ici. Donne-moi juste dix minutes pour me changer.

J'allais raccrocher quand elle a lancé, soupçonneuse :

— Un instant ! Ne me dis pas que ta mère t'oblige à porter une de ses tenues assorties ! C'est tellement gay ! Tu veux mon avis ? a-t-elle ajouté devant mon silence. Une moto ne vaut pas ça. C'est une fichue Maserati que ton père devrait t'acheter pour ce que cette femme te fait subir.

Ruth est persuadée que ma mère est victime de l'oppression que lui inflige une société patriarcale – en un mot, mon paternel. C'est faux. Il adorerait que ma mère ait un boulot. Ça lui éviterait de ruminer à propos de Douglas. Malheureusement, depuis que ce dernier est revenu à la maison, elle refuse tout bonnement d'envisager la question : qui, sinon, garderait un œil sur lui et s'assurerait qu'il se tient à distance des lames de rasoir ?

J'ai confirmé à Ruth que je mettrais une des tenues si gays de maman. Sans relever que « gay » n'est franchement pas l'adjectif qui convient : les homos que je connais sont carrément cool et préféreraient se pendre plutôt que d'arborer des fringues en vichy. Sauf à Halloween. Passons. J'ai mis fin à la conversation et j'ai entrepris de me déshabiller. Personnellement, je suis plutôt branchée jean et T-shirt. L'hiver, j'ajoute un pull, mais, en général, j'évite les chichis quand je vais au lycée, contrairement à certaines filles. Il arrive même que je saute la douche du matin. À quoi bon, quand on n'a personne à séduire ?

Du moins, plus depuis que Rob Wilkins avait proposé de me ramener à la maison. Pour lui, j'étais même prête à envisager un brushing. Bien sûr, il faudrait que je le cache à Ruth. Or elle devinerait qu'il y avait anguille sous roche à la minute où elle passerait me chercher. Genre : « Du gel, tiens donc ! » Certes, elle approuverait.

Jusqu'au moment où elle découvrirait pour qui je me tartine de gel.

Tout en musant, il m'est soudain venu à l'esprit que Douglas pouvait se tromper. Qu'il était possible que des cicatrices en forme d'étoile soient apparues ailleurs que sur mes paumes. La plante de mes pieds, par exemple. Mais quand j'ai inspecté mes petons, ils étaient aussi roses que d'habitude. Rien, pas même de crasse entre les orteils.

À la réflexion, le comportement de Rob Wilkins cet après-midi-là avait été étrange. Je le connaissais à peine, ce type. Les retenues mises à part, nous étions deux étrangers l'un pour l'autre. Quoique... pas tout à fait. Le semestre précédent, il avait partagé mes cours d'anatomie. Ceux dont est chargé l'entraîneur Albright. Nous sommes censés nous les appuyer en Seconde mais, pour une raison quelconque – sûrement parce qu'il avait été recalé les deux années précédentes – Rob y assistait, bien qu'il soit en Terminale. Il était assis juste derrière moi. Un élève plutôt silencieux, excepté quelques discussions occasionnelles avec son voisin, un Cul-Terreux lui aussi. Naturellement, j'avais tendu l'oreille. Leurs sujets de prédilection portaient sur les groupes musicaux – pour l'essentiel de heavy metal ou de country, le style Bouffeurs-d'Avoine – et les bagnoles.

Je n'avais pu résister à l'impulsion de mettre mon grain de sel, quelquefois. Comme le jour où je m'étais permis de dire que, pour moi, Steven Tyler[1] était loin d'être un génie. L'artiste autrefois connu sous le nom de Prince était le seul musicien vivant que j'aurais qualifié de génie. Pendant environ une semaine, nous avions disséqué les paroles de leurs chansons respectives, et Rob avait fini par se ranger à mon avis.

En une autre occasion, ces deux-là avaient bavassé

---

1. Chanteur du groupe mythique de hard rock Aerosmith créé en 1973.

motos. L'autre mec en avait pleine la bouche des Kawasaki.

— Tu planes ou quoi ? avais-je lancé. Rien ne vaut les Américaines.

Rob m'en avait tapé cinq.

Albright n'avait pas été très assidu à ses propres cours. Des urgences footeuses ne cessaient d'exiger sa présence ailleurs, et il nous avait laissés travailler seuls les questions de fin de chapitre. Vous voyez le genre : quelles sont les fonctions de la rate ? Combien de spermatozoïdes un adulte mâle produit-il quotidiennement ? Bref, des questions dont vous oubliez les réponses sitôt votre examen en poche.

J'ai décidé que le lendemain, au lycée, je mettrais ce T-shirt Gap que Douglas m'a offert à Noël. Je ne l'avais encore jamais porté en cours, à cause de son décolleté arrondi. Ce n'est pas le type de fringues que vous avez envie d'arborer pour envoyer au tapis l'arrière de l'équipe de foot.

Mais bon, si ça me permettait de décrocher la timbale, à savoir une balade sur cette Indian...

Ce n'est pas avant de boutonner ma robe Laura Ingalls, couleur lilas et parfaitement hideuse, alors que je jetais un coup d'œil dans le miroir, que je l'ai vue : la marque rouge de la taille d'un poing en haut de ma poitrine. Elle ne faisait pas mal, ni rien. On aurait plutôt dit une éruption d'urticaire, comme si quelqu'un avait balancé une palourde avariée dans mon assiette de fruits de mer. Des espèces de barbillons s'étalaient à partir du centre. À force de la contempler dans la glace, je me suis rendu compte qu'elle avait...

Eh bien... la forme d'une étoile.

4

— Je te jure que je n'en vois pas d'autre, a affirmé Ruth. C'est la seule.

— Tu es sûre ?

Je me tenais debout au milieu de ma chambre, complètement à poil, après ce qui avait dû être un dîner délicieux. Je suppose, car j'avais été incapable d'apprécier quoi que ce soit, trop excitée à l'idée d'avoir été réellement foudroyée. La brûlure en forme d'étoile était là pour le prouver. C'était le point d'impact dont avait parlé Doug.

Mon problème, c'est que je n'arrivais pas à trouver le point de sortie. J'avais forcé Ruth à m'accompagner chez moi pour m'aider à m'examiner sous toutes les coutures. Hélas, elle se révélait totalement inutile. Allongée sur mon lit, elle feuilletait un exemplaire de *La Critique de la raison pure* (rien qu'une petite lecture qu'elle avait emportée au cas où).

— J'ignorais que ta poitrine avait autant poussé, a-t-elle remarqué. Fini, les bonnets A. C'est arrivé quand ?

— Et mon dos ? Il y a quelque chose, dans mon dos ?

— Non. C'est quoi, ta taille, maintenant ? Un 85 B ?

— Aucune idée, je ne mets jamais de soutien-gorge. Et mes fesses ? Rien sur mes fesses ?

— Non. Est-ce qu'il existe quelque chose entre le 85 A et le 85 B ? Parce que je crois que tu te situes au milieu. Et tu devrais commencer à mettre des soutifs, si tu veux mon avis. Sinon, tu vas t'avachir. Comme ces Africaines en photo dans le *National Geographic.*

— Tu ne me sers vraiment à rien, tu sais !

— Mais qu'est-ce que tu attends de moi, Jess ? a-t-elle bougonné en retournant à son livre. Que ta meilleure amie te demande d'inspecter son corps est un peu étrange, non ? Limite homo.

— Il ne s'agit pas de me tripoter, idiote ! ai-je répliqué en enfilant un pantalon de survêtement. Je veux juste que tu me dises si tu vois un point de sortie. Pas la peine d'en faire un plat.

— Je n'arrive pas à croire que Michael va partir pour Harvard, a-t-elle répondu sans relever. Il est tellement intelligent. Comment un être aussi intelligent peut-il s'être entiché de Claire Lippman ?

— Elle est plutôt chouette, ai-je objecté en mettant un sweat-shirt.

C'est que je la connaissais, voyez-vous. Grâce aux heures de colle. Non que Claire ait jamais écopé d'une retenue. Mais comme nous sommes consignés dans la salle de spectacles, et que Claire obtient systématiquement le rôle principal dans les pièces que le club de théâtre monte, j'avais assisté à la plupart des répétitions. Je l'avais vue incarner Emily dans *Notre Ville*, Maria dans *West Side Story* et, naturellement, Juliette dans *Roméo et Juliette*.

— C'est une excellente actrice, ai-je précisé.

— Je doute fort que Michael l'admire pour ses talents d'actrice.

Ruth appelle toujours mon frère Michael, là où tout le monde s'en tient à Mike. D'après elle, Mike sonne Cul-Terreux.

— Reconnais qu'elle n'est pas mal en maillot de bain.

— Quelle traînée ! Et quel culot ! *Tous* les étés. Tant qu'elle était gamine, passe encore, mais maintenant... qu'est-ce qu'elle cherche ? À provoquer un accident de la circulation ?

— J'ai faim.

— Ça ne m'étonne pas. Tu as à peine touché au homard.

— J'étais trop énervée pour manger. Après tout, j'ai été frappée par la foudre, aujourd'hui.

— J'aimerais que tu consultes un médecin. Si ça se trouve, tu as une hémorragie interne.

— Je descends. Je te rapporte quelque chose ?

— Non, a-t-elle bâillé. Il faut que je rentre. Je vais juste m'arrêtez chez Michael pour le féliciter une dernière fois, et après bonne nuit les petits.

Préférant ne pas m'en mêler, des fois que se noue un interlude romantique, si vous voyez ce que je veux dire, j'ai dégringolé l'escalier pour me restaurer. Ruth a à peu près autant de chances de s'attirer autre chose qu'un vague coup d'œil indifférent de la part de Mike que moi d'obtenir un prix d'excellence pour attitude convenable et respect de la discipline. Comme on dit, l'espoir fait vivre, même les grassouillettes. Attention ! Ruth n'est pas obèse, seulement deux fois plus grosse que Claire Lippman. Et cette dernière est loin d'être maigre. Elle a même de sacrées hanches. Mais les garçons ont l'air d'aimer ça. Les magazines ont beau affirmer que votre vie est fichue si vous n'êtes pas Kate Moss, dans la vraie vie, les mecs comme mes frères ne se retourneraient pas sur Kate Moss. En revanche, ils bavent devant Claire Lippman dont les mensurations doivent être 92, 92, 97.

Pour moi, tout ça relève de l'image de soi. Claire Lippman a une tellement bonne opinion d'elle-même qu'on a l'impression que rien ne lui résiste. Pas Ruth.

Elle n'a aucune confiance en elle. Son problème, c'est qu'elle est bien charpentée, et qu'aucun régime en ce bas monde n'y changera rien. Elle a seulement besoin de l'accepter, de s'assumer et de se détendre un peu. Ensuite, elle se dégotera un copain. Garanti.

Sauf que ce ne sera sûrement pas Mike.

Je me suis plongée dans une intense réflexion sur les mystères de l'anatomie tout en me servant un bol de céréales. La cicatrice en étoile sur ma poitrine allait-elle disparaître ? Sinon, quelle plaie ! Et où était situé le point de sortie ? À tous les coups, ai-je pensé en versant du lait sur mon muesli, l'éclair était encore en moi. Plutôt zarbi, de se balader avec des réserves de foudre dans le corps. Imaginez un peu que je réussisse à lancer des éclairs sur les gens, comme Jeff Day, qui ne méritait que ça... On allait rigoler ! Tout en lisant le dos du carton de lait, je me suis vue en train de foudroyer le scélérat. La vache ! Ça mettrait un sacré coup d'arrêt à sa carrière de footballeur.

Quand je suis remontée, Ruth était partie. La porte de Mike était certes close, je savais néanmoins qu'il était seul, car je l'entendais taper furieusement sur le clavier de son ordinateur. Il envoyait sans doute des mails à tous ses abrutis de potes en ligne. « Hé, les mecs ! Je viens d'être accepté à Harvard ! Comme Bill Gates ! » La différence, c'est que, peut-être, et contrairement à Bill Gates, Mike terminerait ses études. Non que ça ait beaucoup d'importance. Du moins, dans le cas de Bill Gates.

La chambre de Douglas était également fermée, et aucune lumière ne filtrait sous la porte. Ça ne m'a pas arrêtée. Le frangin était à sa fenêtre, une paire de jumelles autour du cou, quand j'ai déboulé.

— Un de ces jours, m'a-t-il averti en se retournant, à force d'agir ainsi, tu vas finir par entrevoir certains organes que tu préférerais ignorer.

— C'est déjà fait, je te signale. Maman nous baignait ensemble quand nous étions petits.

— Fiche-moi le camp. Je suis occupé.

— Qu'est-ce que tu regardes ? ai-je demandé en m'asseyant sur son lit. Claire Lippman ?

La chambre avait l'odeur de Doug. Pas désagréable. Une odeur de garçon, mélange de vieilles baskets et de déodorant.

— Orion.

Quel menteur ! Sa fenêtre plonge sur celle de Claire Lippman. Exhibitionniste en diable, celle-ci ne baisse jamais ses stores. Je vous parie même qu'elle n'en a pas. Que Doug l'espionne ne me gênait pas des masses, bien que ça constitue une violation sexiste de sa vie privée et tout le toutim. C'était un signe de normalité. Enfin, dans ses limites à lui.

— Je suis désolée de t'arracher à ta dulcinée, mais j'ai trouvé le point d'impact, ai-je annoncé.

— Ce n'est pas ma dulcinée. Juste l'objet de mon désir.

— On s'en fiche, vise un peu, ai-je ordonné en tirant sur le col de mon sweat-shirt.

Il a allumé sa lampe de chevet et s'est penché vers moi. Devant la cicatrice, il s'est figé.

— Nom de Dieu, a-t-il fini par murmurer.

— Ah ! ai-je triomphé. Je te l'avais bien dit.

— Nom de Dieu, a-t-il répété.

— Il n'y a pas de point de sortie, ai-je précisé. J'ai demandé à Ruth de m'examiner sous toutes les coutures, rien. Tu crois que la foudre est encore en moi ?

— La foudre ne reste pas comme ça à l'intérieur des gens. Cette cicatrice est peut-être le point de sortie, et l'éclair serait entré par le sommet de ton crâne. Non, c'est impossible, s'est-il aussitôt repris. Tes cheveux seraient brûlés.

Il semblait réfléchir à voix haute, mais il était parfaitement envisageable qu'il s'adresse à ses voix. C'est qu'il en entend, parfois. Ce sont elles qui l'ont incité à se tuer à Noël.

— C'est tout, ai-je déclaré en me rajustant.

Je me suis levée, mais il m'en a empêchée.

— Une minute. Tu as vraiment été foudroyée, Jess ?

— Oui.

Il avait l'air grave. En même temps, il a toujours l'air grave.

— Tu devrais en parler à papa.

— Pas question.

— Sérieux, Jess. Va le trouver tout de suite. Pas maman, juste lui.

— Écoute, Douglas...

— Vas-y, a-t-il insisté en me remettant debout et en me propulsant sur le palier. Sinon, je m'en charge.

— Tu m'énerves.

Comme il commençait à faire une drôle de tronche, lèvres pincées et tout et tout, je me suis traînée en bas. J'ai déniché mon père là où il siège quand il n'est pas dans l'un de ses restaurants, à la table de la salle à manger, penché sur ses livres de compte, la télévision de la cuisine branchée sur la chaîne des sports. De là où il était assis, il ne la voyait pas, mais il l'entendait. Il avait beau paraître complètement concentré sur les chiffres alignés sous ses yeux, il piquait une crise si quelqu'un osait éteindre le poste.

— Quoi encore ? a-t-il bougonné quand je me suis approchée.

Gentiment, cependant.

— Salut ! D'après Douglas, il faut que je te dise que j'ai été foudroyée aujourd'hui.

Il a levé la tête et m'a contemplée par-dessus ses lunettes de lecture.

— Il nous fait un incident ?

C'est le nom que les psys donnent aux moments

où les voix dictent sa conduite à Douglas. Un incident.

— Non, c'est vrai. J'ai été frappée par un éclair, cet après-midi.

— Pourquoi n'en as-tu pas parlé à dîner ? s'est-il enquis après un silence.

— Parce qu'on fêtait l'admission de Mike. Et puis, c'est Douglas qui a exigé que je te l'annonce. Ruth aussi. Elle a peur que j'aie une crise cardiaque en dormant. Regarde !

J'ai écarté le col de mon sweat-shirt. Ce n'était pas un problème, parce que la marque était située au-dessus de mes seins, entre mes clavicules. Mon père a une attitude un peu bizarre envers mes nénés depuis que j'en ai. Il semble craindre qu'ils ne me gênent quand j'allonge un idiot d'un direct du droit.

— Toi et Skip n'avez pas recommencé à jouer avec des pétards, hein ? a-t-il marmonné après une ou deux minutes d'observation.

Je crois avoir mentionné que Skip est le frère jumeau de Ruth. Lui et moi avons eu notre période artificiers du dimanche.

— Bon sang, p'pa ! Bien sûr que non ! Ça fait un bail que les pétards ne m'amusent plus. (Sans parler de Skip.) C'est l'éclair.

Je lui ai raconté ce qui s'était passé. Il a écouté avec beaucoup de sérieux, avant de déclarer :

— Je ne m'inquièterais pas, si j'étais toi.

C'est ce qu'il me disait toujours quand, toute petite, je me réveillais au milieu de la nuit – du moins, c'était mon impression, mais il ne devait pas être plus de onze heures du soir – et que je descendais lui annoncer que ma jambe, mon bras, ou mon cou me faisait mal. « Rien que des douleurs de croissance, affirmait-il. Je ne m'inquiéterais pas, si j'étais toi. »

— Très bien, ai-je répondu en éprouvant le même soulagement qu'à cette époque de mon enfance. Je voulais juste te mettre au courant. Au cas où je ne me réveillerais pas demain matin, par exemple.

— Si tu ne te réveilles pas, ta mère te tuera. Et maintenant, file te coucher. Et si jamais j'apprends que tu t'es réfugiée encore une fois sous des gradins métalliques pendant une tempête, je te flanque la raclée du siècle.

Façon de parler. Mon paternel n'est pas un adepte des fessées. Parce que son frère aîné, mon oncle Rick, passait son temps à le battre comme plâtre dans leur enfance. Dixit ma mère. Ce qui explique pourquoi nous ne rendons jamais visite à oncle Rick. Et pourquoi mon père m'a appris à cogner. Il part du principe qu'il faut savoir se défendre de tous les oncles Rick qui hantent le monde.

Je suis remontée dans ma chambre, où j'ai répété mes exercices de flûte pendant une heure. Je m'applique à bien jouer, depuis ce matin où, bien avant que Ruth n'ait sa voiture, quand nous prenions encore le bus de ramassage scolaire, Claire Lippman m'a vue avec mon étui sous le bras et m'a lancé : « Oh, alors c'est toi ! » d'une voix lourde de sens. À ma question de savoir ce qu'elle voulait dire par-là, elle s'est contentée de répondre : « Rien de particulier. C'est juste que nous entendons jouer de la flûte tous les soirs vers dix heures et que nous nous demandions de qui il s'agissait. » Totalement mortifiée, j'ai rougi comme une tomate, ce dont elle a dû se rendre compte, car, gentiment – l'exhibitionnisme n'empêche pas la gentillesse – elle a continué : « Non, non, c'est plutôt chouette. J'aime bien. C'est comme d'avoir droit à un concert gratuit tous les soirs. »

Bref, depuis, je considère chaque heure d'exercices comme un concert. Je m'échauffe d'abord avec quelques gammes, que j'exécute très rapidement pour m'en débarrasser et sur un mode un peu jazzy pour qu'elles ne soient pas barbantes. Puis je travaille les morceaux que nous répétons avec l'orchestre, à la vitesse V aussi, histoire d'avoir la conscience tranquille. Enfin, je m'adonne à quelques pièces médiévales ravissantes que j'ai dénichées la dernière fois que je suis allée à la bibliothèque, des versions très anciennes de *Greensleeves*[1] et des trucs celtiques. Une fois bien échauffée, je me lance dans du Billy

1. Chanson anglaise traditionnelle dont l'air est très célèbre. Auteur anonyme (mais une légende populaire l'attribue au roi Henry VIII (1491-1547).

Joel, le compositeur préféré de Douglas, qui niera cependant si vous lui posez la question. Ensuite, je passe à Gershwin pour mon père, qui l'adore, et à un peu de Bach, car qui n'aime pas Bach ?

Parfois, Ruth et moi répétons ensemble les quelques duos pour flûte et violoncelle que nous avons trouvés. Pas dans la même pièce, juste en ouvrant les fenêtres de nos chambres respectives. Un petit concert pour les voisins. Plutôt cool. Ruth prétend que, si un chef d'orchestre passait dans le coin, notre talent le stupéfierait, et il exigerait aussitôt de nous prendre dans sa troupe. Ben voyons !

Je joue beaucoup mieux chez moi qu'au lycée. Si je m'appliquais autant là-bas, je serais déjà la première flûte de l'orchestre, vous comprenez, et non la troisième comme maintenant. Je le fais exprès. Franchement, je ne tiens pas du tout à devenir première flûte. C'est beaucoup trop stressant, et j'ai déjà assez de mal à contenir les haines que me vaut mon statut de troisième.

Celle de Karen Sue Hanky, par exemple. Elle est quatrième flûte. Elle m'a déjà défiée dix fois cette année. Car c'est comme ça que ça se passe : ceux qui sont mécontents de leur sort ont le droit de lancer un défi à la personne qui les précède immédiatement dans la hiérarchie de l'orchestre et de lui piquer son fauteuil s'ils gagnent. Karen Sue a ainsi débuté comme neuvième flûte et, à force de duels, a réussi à grimper jusqu'au rang de quatrième. Malheureusement pour elle, elle est bloquée à ce stade depuis un an, car je refuse de la laisser gagner. J'aime bien la place de troisième. Je suis toujours troisième. Troisième flûte, troisième enfant de la famille. Pigé ? Je me sens bien à la troisième place.

Il est évidemment hors de question de rétrograder au rang de quatrième. Bref, quand Karen Sue me défie, je me défonce comme à la maison. D'ailleurs, lorsque Karen Sue a tourné les talons en ronchonnant, ce qui est toujours le cas puisque je l'emporte systématiquement, j'ai eu droit à un sermon de notre chef d'orchestre.

— Tu sais, Jessica, a ronronné M. Vine, tu pourrais être première flûte, si tu défiais Audrey. Tu la ratatinerais, si tu t'en donnais seulement la peine.

Sauf que je n'ai pas envie de ratatiner qui que ce soit. Je ne tiens à être ni première ni même deuxième flûte. En revanche, que je sois damnée si je permets à quiconque de me piquer la troisième place.

Bref, mes exercices terminés, j'ai pris une douche et je me suis couchée. Avant d'éteindre, j'ai palpé ma poitrine à l'endroit de la cicatrice. Je ne la sentais pas vraiment. Il n'y avait ni boursouflure ni rien. Pourtant, je l'avais bien vue dans le miroir en sortant de la baignoire. Pourvu qu'elle ait disparu au matin ! Autrement, comment allais-je pouvoir porter mon T-shirt avec décolleté arrondi, hein ?

5

Le lendemain matin, quand je me suis réveillée, deux choses se sont immédiatement imposées à moi. Un, je n'étais pas morte d'une crise cardiaque pendant la nuit. Deux, Sean Patrick O'Hanahan vivait à Paoli, et Olivia Marie D'Amato dans le New Jersey.

À la réflexion, ça nous fait trois choses. Mais les deux dernières comptent moins, vu qu'elles relevaient du plus grand des hasards. Qui diable était Sean Patrick O'Hanahan, et comment savais-je qu'il était à Paoli ? Pareil pour Olivia Marie D'Amato.

Un mauvais rêve. J'avais cauchemardé, un point c'est tout. Je me suis levée et j'ai pris une autre douche. Comme la marque était toujours là et que je ne pouvais pas porter mon décolleté arrondi, j'ai décidé que je me laverais les cheveux pour compenser. Qui sait ? Rob Wilkins me proposerait peut-être de me ramener chez moi et, en marquant un stop par exemple, tournerait la tête et, sentant mon odeur, en serait tout chaviré ?

Une perspective parfaitement envisageable et fort alléchante.

C'est en prenant mon petit-déjeuner que j'ai compris qui étaient Sean Patrick O'Hanahan et Olivia Marie D'Amato : des mômes en photo au dos du carton de lait. Ceux des avis de recherche concernant les enfants portés disparus, vous savez ? Sauf que ces deux-là, ce n'était plus la peine de les chercher. Plus depuis que je savais où les trouver.

— Tu n'envisages tout de même pas d'aller au lycée avec ce jean, Jessica ?

Ma mère semblait rebutée par la tenue que j'avais pourtant élaborée avec soin en songeant à Rob Wilkins.

— Ouais, franchement, a renchéri Mike, tu te crois dans les années quatre-vingt ?

— Comme si la mode était ton rayon ! ai-je rétorqué. Quand on se balade avec un étui à stylos dans la poche avant de sa chemise, on ne la ramène pas.

— Tu ne peux pas sortir habillée ainsi, Jessica, a insisté ma mère. Tu ferais honte à la famille.

— Quelle idée !

0800-TEOULA. Tel était le numéro que l'on était censé appeler si l'on avait des informations concernant Sean Patrick O'Hanahan et Olivia Marie

D'Amato. 0800-TEOULA. Marrant. Fastoche à se rappeler.

— Les genoux sont tout déchirés, continuait ma mère, et l'entrejambe est presque troué. Il faut jeter ce pantalon, il tombe en loques !

C'était l'astuce, justement. Ne pouvant exposer ma poitrine, j'avais résolu de me rabattre sur mes genoux. J'ai de très jolis genoux. Ainsi, lorsque je serais à califourchon derrière Rob Wilkins, il n'aurait qu'à baisser les yeux pour découvrir ces atouts totalement sexy pointant sous le jean. Je m'étais même rasé les jambes. Bref, j'étais on ne peut plus prête. Le seul détail encore en suspens était la façon dont j'allais réussir à rentrer à la maison s'il ne proposait pas d'emblée de me raccompagner. J'en serais réduite à appeler Ruth, laquelle serait folle de rage que je ne lui aie pas demandé ce service en premier. À coup sûr, j'aurais droit à : « Et pourquoi ? Qui te ramène ? Pas ce Cul-Terreux, j'espère. »

L'amitié avec une fille comme Ruth soulève parfois de délicats problèmes de gestion.

— Monte te changer, jeune fille ! m'a ordonné ma mère.

— Des clous ! ai-je répliqué, la bouche pleine.

— Pardon ? Tu n'iras pas aller au lycée dans cette tenue.

— Tu paries ?

À cet instant, mon père a débarqué.

— Joe ! s'est aussitôt écriée ma mère. Regarde un peu comme elle est attifée.

— Quoi ? ai-je protesté. Ce n'est qu'un jean.

Mon père m'a inspectée des pieds à la tête avant de se tourner vers ma mère.

— Ce n'est qu'un jean, Toni, a-t-il marmonné.

Ma mère se prénomme Antonia, mais tout le monde l'appelle Toni.

— Un jean de traînée, oui ! s'est-elle emportée. Ta fille s'habille comme une traînée ! Rien d'étonnant, à force de lire ce magazine de traînée !

C'est ainsi que ma mère a baptisé *Cosmopolitan*. Les nanas y sont un peu olé-olé, mais quand même.

— Pas du tout, a répondu mon paternel. C'est juste sa personnalité. (Nous l'avons tous dévisagé en nous demandant ce qu'il entendait par-là.) Ben quoi, a-t-il continué, vous savez bien. Un garçon manqué.

Heureusement, au même moment, le Klaxon de Ruth a retenti.

— Il faut que j'y aille, ai-je annoncé en me levant.

— Pas avec ce jean, c'est hors de question, a rétorqué ma mère.

J'ai attrapé mon sac et ma flûte.

— Salut la compagnie !

Et j'ai filé par la porte de derrière. Contournant la maison au triple galop, j'ai retrouvé Ruth, qui m'attendait dans la rue au volant de son cabriolet. Comme la matinée était belle, elle avait baissé la capote.

— Chouette jean, a-t-elle commenté, sarcastique, tandis que je grimpais à côté d'elle.

— Toi, boucle-la et conduis.

— Non, je t'assure, a-t-elle persisté en enclenchant la première, rien à voir avec Jennifer Beals[1]. Je me demande seulement si tu ne serais pas soudeuse la journée et stripteaseuse la nuit, par hasard ?

— C'est ça, et j'économise pour me payer des cours de danse.

Nous étions presque arrivées au lycée quand Ruth m'a lancé :

— Qu'est-ce que tu as ? Tu n'as pas été aussi silencieuse depuis le jour où Douglas a tenté de...

Elle avait raison. Sans m'en rendre compte, j'étais perdue dans mes pensées. En vérité, je n'arrivais pas à me chasser de la tête Sean Patrick O'Hanahan. J'avais rêvé d'un garçon plus âgé que celui représenté sur le pack de lait. Il avait peut-être été enlevé depuis très longtemps. Au point d'en avoir oublié sa famille. Ou alors, j'avais vraiment rêvé.

— Je réfléchissais, ai-je répondu à Ruth.

— Parce que ça t'arrive ? Première nouvelle, a-t-elle plaisanté en bifurquant dans le parking des élèves. Hé, a-t-elle enchaîné, ça te dit de rentrer à

1. Actrice américaine ayant eu son heure de gloire dans les années 80. Elle a lancé le style grunge pour adolescentes avant de connaître une traversée du désert (on lui reprochait d'avoir été doublée dans les scènes de danse du film qui l'avait lancée, *Flashdance*).

pied, cet après-midi ? Je demanderai à Skip de me déposer à quatre heures, après ta colle. Je me suis pesée ce matin, j'ai déjà perdu cinq cents grammes, tu sais.

Parce qu'elle n'avait rien boulotté la veille au soir, trop occupée à contempler amoureusement Mike pour avaler quoi que ce soit. Mais bon, je n'ai pas relevé.

— Pourquoi pas ? Sauf que...

— Quoi ?

— Eh bien... tu connais mon attirance pour les motos.

Ruth a levé les yeux au ciel.

— Pas ce Rob Wilkins !

— Si ! Ce n'est pas ma faute, Ruth, il a une énorme...

— Stop ! s'est-elle aussitôt récriée. Je ne veux rien savoir.

— ...Indian. Bon sang ! Tu pensais à quoi, là ?

— Euh... ces Culs-Terreux portent des jeans drôlement serrés.

Elle a appuyé sur un bouton, et le toit a commencé à se refermer.

— Dégoûtante ! me suis-je exclamée, faussement choquée (comme si, de mon côté, je n'avais rien remarqué !). Franchement, Ruth !

D'un air pincé, elle a détaché sa ceinture de sécurité.

— Excuse-moi de ne pas être aveugle.

— S'il propose de me ramener, j'accepterai.

— C'est ta vie. Mais ne compte pas sur moi pour guetter ton appel s'il te laisse en carafe.

— Puisque c'est comme ça, je téléphonerai à ma mère.

— Comme il te plaira.

Elle paraissait furibonde.

— Qu'est-ce que tu as ?

— Rien.

— Tu parles ! Allez, accouche !

— Rien du tout, a-t-elle décrété en sortant du cabriolet. Je te trouve bizarre, c'est tout.

Comme elle passe son temps à me traiter de bizarre, je ne me suis pas vexée. Je crois même que ça ne signifie plus grand-chose, dans sa bouche. Enfin, presque.

Je suis descendue moi aussi de voiture. C'était une belle journée, avec un ciel bleu tirant sur le vert, une température frôlant les seize degrés alors qu'il n'était que huit heures du matin. L'après-midi risquait d'être étouffant. Pas le genre de journée à rester enfermé. Plutôt à se balader en décapotable... ou, mieux encore, à califourchon sur une bécane.

Ça m'a aussitôt amenée à penser que Paoli ne se trouvait qu'à une trentaine de kilomètres d'ici. Je n'ai pas pu m'empêcher de me demander comment Ruth – ou Rob Wilkins – réagirait si je suggérais un petit saut là-bas après mon heure de retenue. Juste pour vérifier. Et sans donner d'explications. J'étais quasi certaine de savoir où était la petite maison de brique dans laquelle j'avais vu Sean Patrick. Aussi certaine que je l'étais de n'y avoir jamais mis les pieds. Ce qui était d'ailleurs ma raison principale de désirer m'en assurer. Et de ne pas en parler. Car enfin, qui rêve de gamins en photo sur le dos des cartons de lait ? Certes, mes songes habituels gagneraient sans doute à être un peu plus excitants, et j'en ai soupé de leur banalité, genre je débarque toute nue au lycée ou je roule une pelle à Brendan Fraser.

— Oh hé !

J'ai sursauté. Debout devant moi, Ruth agitait sa main sous mon nez.

— Qu'est-ce que tu as ? a-t-elle soupiré en cessant de jouer les sémaphores. Tu es sûre que ça va ?

— Oui, ai-je répondu automatiquement.

Et le plus drôle, c'est que j'étais sincère.

À ce moment-là, en tout cas.

6

Traditionnellement, à Ernest-Pyle, la surveillance des retenues est confiée à la bleusaille. Cette année, c'était donc à Mlle Clemmings, la nouvelle prof de dessin, de s'y frotter. Sans vouloir paraître sexiste, j'estimais que cela relevait de la plaisanterie. Mlle Clemmings est à peine plus grande que moi et doit peser aussi peu, dans les cinquante kilos toute mouillée.

En revanche, et contrairement à moi, ce n'est pas une experte en savate – à mon avis, elle est même tout à fait médiocre dans ce domaine. Et on s'attendait à ce qu'elle empêche ces grosses brutes de footballeurs de se taper dessus ? Laissez-moi rire ! C'était d'un ridicule consommé. Autant l'entraîneur Albright était capable de maintenir un semblant de discipline, autant Mlle Clemmings en était réduite à menacer les mecs de les dénoncer à la direction quand ils se lâchaient un peu. Lorsqu'elle mettait ses menaces à exécution, tout ce qu'il arrivait, c'est qu'ils en reprenaient pour une louchée d'heures de colle, ce qui contraignait Mlle Clemmings à s'interposer entre eux encore plus longtemps. Le cercle vicieux par excellence. Si ce n'est pas débile...

Bref, je n'ai pas été autrement étonnée lorsque, dès le début de l'heure, elle m'a fait signe de la rejoindre à l'avant de la salle de spectacles et, de sa voix fluette de petite fille, m'a murmuré :

— Jessica, il faut que je te parle.

Que pouvait-elle bien me vouloir ? Je l'admets, une part de moi espérait qu'elle allait m'amnistier jusqu'à la fin du semestre pour bon comportement. Parce que, très franchement, je suis un ange... en colle, s'entend. Ce qui était loin d'être le cas de mes compagnons de détention.

C'est d'ailleurs à leur sujet qu'elle m'a entreprise.

— Ce sont les W, a-t-elle chuchoté.

— Les W, mademoiselle Clemmings ? ai-je répété, éberluée.

— Oui, au dernier rang, a-t-elle précisé en les désignant du doigt.

J'ai pigé. Les W, bien sûr. En colle, nous sommes assis par ordre alphabétique, et les mecs du fond – les W – ont tendance à se montrer quelque peu turbulents. Ils avaient été agités pendant les répétitions de

West Side Story, tapageurs pendant celles de *Roméo et Juliette* et carrément impolis pendant celles de *Notre Ville*. Le club de théâtre était en train de monter *Fin de partie*[1], et Mlle Clemmings craignait cette fois qu'une révolte n'éclate.

— Je suis désolée de te demander ça, Jessica, a-t-elle continué en me dévisageant de ses grands yeux bleus, mais tu es la seule fille de l'assistance, et l'expérience m'a montré qu'introduire une influence féminine de poids au sein d'un groupe majoritairement sous l'emprise de la testostérone a tendance à altérer certains...

— D'accord, ai-je aussitôt accepté.

Mlle Clemmings a semblé surprise. Puis soulagée.

— Vraiment, Jessica ? Ça ne te dérangerait pas ?

Elle rigolait ou quoi ?

— Non, pas du tout.

— Oh ! s'est-elle exclamée en posant une main sur son cœur. Je suis tellement contente. Dans ce cas, si tu pouvais t'asseoir entre Robert Wilkins et cet autre garçon, là... Wendell.

Je n'en croyais pas mes oreilles. Il y a des jours comme ça, où l'on se réveille et, d'accord, on a peut-être fait de mauvais rêves, mais tout à coup, les choses commencent à s'arranger comme vous le désirez. Sans que vous ayez eu besoin de lever le petit doigt.

1. De Samuel Beckett.

Je suis donc retournée chercher mes affaires au milieu des M avant de me frayer un chemin jusqu'aux W afin de me poser entre Rob et Hank. J'ai été accompagnée par nombre de sifflets et de vannes – assez pour que le directeur du club de théâtre se retourne en intimant à tout le monde de la boucler –, et certains des gars ont même refusé d'écarter leurs stupides grandes jambes pour me laisser passer. Je me suis vengée en leur assenant quelques bons coups de pied dans les tibias, ce qui m'a vite dégagé le terrain.

Le règlement nous oblige à nous asseoir à un siège de distance les uns des autres, si bien que Rob Wilkins et tous ceux installés à sa droite ont dû se décaler d'un fauteuil. Ce qui n'a pas semblé embêter Rob. Il a immédiatement pris son blouson de cuir – il n'avait rien d'autre, ni sac ni manuels ni cahiers, le néant total mis à part un roman d'espionnage fourré dans la poche arrière de son jean – et s'est poussé. Ses yeux bleus ne m'ont pas quittée tout le temps que je rangeais mon sac et ma flûte sous mon siège.

— Bienvenue en Enfer ! m'a-t-il lancé quand je me suis redressée.

Je l'ai gratifié de mon plus joli sourire. Ce que voyant, le type assis deux places plus loin a plaqué sa paume sur son entrejambe. Aussitôt, Rob l'a fusillé du regard avant de déclarer :

— T'es mort, Wylie.

— Chut ! a soufflé Mlle Clemmings en tapant

dans ses mains. Si j'entends encore quoi que ce soit, là-haut, je vous mets en retenue pour une semaine supplémentaire !

Tout le monde l'a fermée. J'ai sorti mon livre de géométrie et me suis attaquée au devoir à rendre pour le lundi suivant. Je tâchais d'ignorer que Rob Wilkins ne faisait rien, se bornant à observer la répétition. Le type assis à ma gauche, Hank Wendell, fabriquait un ballon en papier, utilisant sa salive en guise de colle.

Aucun des W ne semblait particulièrement impressionné – ou intimidé – par ma présence.

Soudain, Rob s'est penché et m'a arraché mon cahier et mon stylo. Jetant un coup d'œil sur mon travail, il a hoché la tête avant de tourner la page. Puis il a gribouillé quelque chose et m'a retourné le tout. Voici ce qu'il avait écrit : *Alors, tu t'es fait saucer, hier ?*

J'ai regardé en direction de Mlle Clemmings, ne sachant trop si nous étions ou non autorisés à communiquer par petits mots en retenue. Jusqu'alors, le sujet n'avait jamais été abordé. Mais comme elle ne nous prêtait aucune attention, trop absorbée par les performances de Claire Lippman qui récitait un monologue hyper rasoir au fond d'une poubelle, j'ai décidé d'agir.

Oui, ai-je griffonné avant de lui repasser mon cahier.

Pas très brillant, je l'admets, mais qu'est-ce que j'étais censée répondre, hein ?

Cette fois, j'ai eu droit à deux lignes. *Je te l'avais bien dit. Et si tu laissais tomber la grosse et que tu venais faire un tour de bécane tout à l'heure ?*

Nom d'un chien ! Il me demandait de sortir avec lui. En quelque sorte.

Et il en profitait pour insulter ma copine.

T'es ouf ? Il se trouve que la grosse est ma meilleure amie.

Ce qui a eu l'heur de lui plaire, apparemment. Cette fois, il en a écrit des tartines. *Oh, désolé ! J'ignorais que tu étais aussi à fleur de peau. Permets-moi de reformuler. Et si tu disais à ton amie quelque peu enrobée de rentrer seule et que tu t'offrais un tour en bécane avec moi tout à l'heure ?*

On est vendredi soir, espèce de gros nul. Tu crois quoi ? Que je n'ai pas de projets ? J'ai un mec, figure-toi.

Le coup du mec était sans doute un peu culotté, mais il a eu l'air de le gober tout cru. *Ah ouais ?* a-t-il gribouillé. *Eh ben, je te parie que ton petit copain ne retape pas une Harley de 1964 dans sa grange.*

Une Harley de 64 ? Mes doigts tremblaient si fort que j'ai eu du mal à tenir le stylo. *Mon ami n'a pas de grange. Son père est avocat.* Vu les craques que je racontais, autant donner une lignée impressionnante à mon chéri virtuel.

Et alors ? Largue-le et viens t'éclater !

C'est à cet instant que Hank Wendell s'est penché et a gazouillé :

— Wylie. Wylie ?

De l'autre côté de Rob, Greg Wylie s'est également penché et a balancé :

— Va te faire, Wendell !

— Bouclez-la avant que Clemmings regarde par ici, vous deux ! ai-je sifflé entre mes dents.

Hank a jeté son ballon en direction de Wylie, mais Rob l'a intercepté en plein vol.

— Vous avez entendu la demoiselle ? a-t-il marmonné d'un ton menaçant. Arrêtez vos âneries.

Tant Wylie que Wendell se sont aussitôt calmés. Ils fulminaient, mais en silence. La vache ! Mlle Clemmings ne s'était pas trompée. Surprenant ce qu'une pincée d'œstrogènes est capable de provoquer.

J'ai repris ma correspondance, fâcheusement interrompue par cet intermède.

D'accord. À une condition.

Que dalle. Souligné trois fois.

En lettres capitales, j'ai écrit : *Puisque tu le prends comme ça, que dalle toi-même.*

Il a lu avant que j'aie terminé. Agacé, il m'a arraché le cahier et a écrit : *OK. Quoi ?*

C'est ainsi que, une heure plus tard, nous foncions vers Paoli.

7

D'accord, d'accord, j'avoue. Ici, dans ma *déposition* officielle. Vous voulez une confession ? Vous voulez la vérité, toute la vérité, rien que la vérité ?

Vous allez l'avoir. Tant pis pour vous.

J'adore la vitesse.

La vraie.

Je ne sais pas pourquoi, je n'en ai jamais eu peur. Petite, en voiture, lorsque nous rendions visite à ma grand-mère de Chicago, par exemple, si mon père frôlait les cent trente pour doubler un semi-remorque, tout le monde criait : « Ralentis ! Ralentis ! » Sauf moi. Moi, c'était toujours : « Plus vite ! Plus vite ! » C'est ainsi depuis ma plus tendre enfance. Je me rappelle que, à l'époque où nous allions encore à la fête foraine (avant que ce genre d'amusements ne soit déclaré trop Cul-Terreux), il fallait toujours que je fasse un tour sur les manèges les plus rapides – le grand huit, les montagnes russes –, toute seule d'ailleurs, parce que les autres membres de la famille avaient trop la frousse pour m'accompagner. J'étais donc là, sans personne, à foncer à des cent, des cent dix, des cent trente kilomètres heure.

Et ça ne me suffisait pas. J'en voulais encore plus.

Ce jour-là donc, accrochée à Rob, j'ai découvert que lui aussi adorait l'ivresse de la vitesse.

Rassurez-vous, il était prudent. Il m'a obligée à mettre le casque de réserve qu'il gardait dans le top-case fixé à l'arrière de sa moto et il a respecté le code de la route. En ville. En revanche, dès que nous avons franchi les limites de celle-ci... Laissez-moi vous dire, je me suis retrouvée au septième ciel... en quatrième vitesse (ha ! ha !).

Certes, y contribuait peut-être le fait que j'enlaçais un type carrément génial, aux abdos durs comme du bois. Je le sais, parce que je m'agrippais à lui comme une perdue et que, sous son blouson de cuir, il ne portait qu'un T-shirt. En tout cas, Rob était décidément mon genre. Il aimait prendre des risques.

D'accord, il n'y avait guère de circulation. Nous étions sur des routes de campagne, cernés par des hectares de maïs. Je n'ai pas l'impression que nous ayons croisé d'autres véhicules, sauf à Paoli, bien sûr.

Paoli.

Qu'en dire ? Que voulez-vous savoir ? J'imagine que c'est là que tout a *vraiment* commencé. À Paoli, Indiana. Une bourgade typique du sud de l'État, dotée d'une place principale entourée par le tribunal, une salle de cinéma, une boutique de mariage et une bibliothèque. Il devait sans doute y avoir une école élémentaire et une fabrique de pneus, mais je ne les ai pas vues.

Par contre, je puis vous assurer qu'il y avait une bonne dizaine d'églises. J'ai indiqué à Rob de tourner à gauche au niveau de l'une d'elles – inutile de me demander comment je savais que c'était la bonne – et, brusquement, nous nous sommes retrouvés dans la rue bordée d'arbres de mon rêve. Deux carrefours plus loin, nous étions devant une maisonnette de brique à l'aspect très familier. J'ai tapoté l'épaule de Rob, et il s'est rangé le long du trottoir avant de couper les gaz.

La maison de mon rêve. Dans le moindre détail. Identique pelouse miteuse, identique boîte à lettres sans nom, ne comportant que le numéro, identiques fenêtres aux stores baissés. Plus je la contemplais, plus je soupçonnais que, dans le jardin de derrière, il y aurait une vieille balançoire rouillée et l'une de ces pataugeoires pour gamins, au plastique craquelé et sali d'avoir passé l'hiver dehors. C'était un chouette endroit. Modeste mais sympa. Dans un quartier modeste mais sympa. Un des voisins avait sorti son barbecue et faisait griller des hamburgers pour le dîner. Au loin, j'entendais les cris d'enfants qui jouaient.

— Alors, a dit Rob au bout d'une minute, c'est ici qu'habite ton mec ?

— Chut !

Car, sur le trottoir, quelqu'un avançait dans notre direction. Une petite silhouette qui traînait une veste en jean derrière elle. Une petite silhouette qui, tout près de nous, a soudain bifurqué dans la courette de la fameuse maison en brique. Un garçonnet.

J'ai retiré mon casque.

Je n'hallucinais pas. Il s'agissait bien de Sean Patrick O'Hanahan. Plus âgé de cinq ou six ans que sur la photo du pack de lait, mais c'était lui, aucun doute.

J'ignore pourquoi j'ai agi comme ça. Je n'avais encore jamais rien fait de tel. Toujours est-il que je suis descendue de moto, que j'ai traversé la rue, et que j'ai dit :

— Sean.

Je ne l'ai pas hélé. J'ai seulement prononcé son prénom.

Il s'est retourné. Puis il est devenu tout pâle. Avant même de m'avoir vue, je vous jure, il avait blêmi.

Une douzaine d'années sans doute. Pas très grand pour son âge, à peine plus petit que moi cependant. Des cheveux carotte en partie cachés sous une casquette des Yankees[1]. Les taches de rousseur sur son nez ressortaient, maintenant qu'il était blanc comme un cachet d'aspirine. Des yeux bleus qu'il a plissés en me détaillant rapidement avant de s'intéresser à Rob, derrière moi.

— Qu'est-ce que tu racontes ? a-t-il murmuré.

Aussi doucement que moi. Ce qui ne m'a pas empêchée de percevoir les accents de peur dans sa voix de petit garçon. Je me suis approchée autant que je l'osais. Il avait l'air à deux doigts de décamper.

— Ah ouais ? Tu ne t'appelles pas Sean, peut-être ?

— Nan, a-t-il rétorqué avec cette insolence des gosses qui tentent de cacher qu'ils sont morts de frousse. Moi, c'est Sam.

— Mon œil ! Ton vrai nom, c'est Sean Patrick O'Hanahan. Tout va bien, Sean, tu peux me faire confiance. Je suis là pour t'aider. À rentrer chez toi.

Il est devenu encore plus blanc – je n'aurais pas cru ça possible –, et son corps a paru se transformer en gélatine. Il a laissé tomber sa veste comme si elle était trop lourde pour lui, et j'ai remarqué que ses doigts tremblaient. J'ignore ce à quoi je m'étais attendue. À ce qu'il se jette sur moi pour me serrer dans ses bras et me donner un gros bisou, tant il était heureux d'avoir été retrouvé, j'imagine.

1. Une des deux équipes de base-ball (avec les Mets) de la ville de New York.

Je n'ai eu droit à rien de tel.

Au lieu de ça, il a saisi mon poignet – assez rudement, je dois l'avouer – et a sifflé comme un serpent :

— Tais-toi ! Ne dis à personne que tu m'as vu, compris ?

Ce qui n'était pas exactement le genre de réaction que j'avais espérée. Comprenez-moi. Passe encore si j'étais allée jusqu'à Paoli pour découvrir que la maison dont j'avais rêvé n'existait pas. Mais elle existait bel et bien et, qui plus est, devant elle se tenait le garçon du carton de lait. J'en aurais mis ma tête à couper.

Or, pour une raison incompréhensible, le drôle en question prétendait être quelqu'un d'autre.

— Je ne suis pas Sean Patrick O'Hanahan, a-t-il murmuré d'un ton aussi chargé de colère que d'angoisse. Alors, va-t'en ! Va-t'en ! Va-t'en et ne reviens jamais.

Soudain, la porte de la maison s'est ouverte, et une femme l'a appelé, sèchement. Il m'a aussitôt lâchée.

— J'arrive ! a-t-il lancé d'une voix aussi peu assurée que ses mains.

Il est allé ramasser sa veste sur la pelouse, m'a jeté un dernier coup d'œil furieux et effrayé, puis s'est rué à l'intérieur en claquant la porte derrière lui sans plus daigner me regarder. Debout sur le trottoir, j'ai fixé le battant fermé. Les oiseaux chantaient, les enfants jouaient. Les hamburgers continuaient à griller, et leur bonne odeur se mêlait à celle de l'herbe fraîchement coupée. Profitant de la chaleur, inhabituelle en cette saison, quelqu'un avait tondu sa pelouse. Dans la petite baraque, rien ne bougeait. Personne n'a soulevé de store, rien.

Moi, j'étais bouleversée. Mes repères, tous sans exception, avaient été chamboulés.

Parce que cet enfant était vraiment Sean Patrick O'Hanahan. J'en étais aussi persuadée que de mon propre prénom ou que de celui de mes frères. J'avais découvert Sean Patrick O'Hanahan.

Et il avait des ennuis.

— Un peu jeune pour toi, non ? a murmuré quelqu'un dans mon dos.

J'ai pivoté sur mes talons. Toujours perché sur sa moto, débarrassé de son casque, Rob m'observait, ses beaux traits parfaitement impassibles.

— Je sais qu'il faut de tout pour faire un monde, a-t-il ajouté en haussant les épaules, mais je n'aurais pas parié sur ton fétichisme envers les boy-scouts.

J'aurais sûrement dû lui dire la vérité, à ce moment-là. Expliquer, proposer d'aller trouver la police. Pourtant, je me suis tue. J'étais déboussolée, désemparée, incapable de comprendre ce qu'il m'arrivait.

— Bon, a repris Rob, on peut rester ici toute la nuit, si tu y tiens. Mais l'odeur de ce barbecue m'a donné faim. Et si on essayait plutôt de se trouver quelque chose à manger, hein ?

J'ai jeté un dernier coup d'œil à la maisonnette en brique. « Je sais que tu es là, Sean, ai-je pensé. Que t'ont-ils fait ? Quels tourments t'ont-ils infligés pour que tu aies si peur d'admettre ton vrai prénom ? »

— Mastriani !

Je suis retournée à la moto. Rob ne m'a pas posé la moindre question. Il s'est contenté de me tendre mon casque, d'enfiler le sien et d'attendre que je sois prête avant de démarrer.

Nous avons quitté Paoli.

Il a fallu que nous frôlions le cent cinquante à l'heure pour que je commence à reprendre du poil de la bête. Une dingue de la vitesse a du mal à rester déprimée, à cette allure. Tandis que nous foncions dans le vent, j'ai compris que je n'avais qu'une solution. C'est pourquoi, après que nous nous fûmes arrêtés au grill que Rob connaissait – un repaire de Hell's Angels[1] appelé *Chick* dans lequel j'avais toujours rêvé de mettre les pieds (nous passions devant le 5 janvier de chaque année pour aller jeter notre sapin de Noël à la décharge publique), ce que ma mère m'avait toujours refusé – j'ai agi.

Je me suis dirigée vers la cabine téléphonique située près des toilettes pour femme et j'ai composé

1. Mythique club de motards à la réputation sulfureuse écumant les routes d'Amérique à bord de leurs Harley.

le numéro. Au bout de deux tonalités seulement, quelqu'un a décroché.

— 0800-TEOULA, Rosemary à votre service. Que puis-je pour vous ?

J'ai dû coller mon auriculaire dans mon oreille, car le juke-box braillait du John Cougar Mellencamp[1] à plein volume.

— Salut, Rosemary ! ai-je beuglé. Ici, Jess.

— Bonjour, Jess.

À sa voix, j'aurais parié que Rosemary était noire. Je ne connais pas de Noirs – il n'y en a pas dans ma ville – mais j'en ai vu au cinéma et à la télé. C'est comme ça que j'ai deviné. Rosemary m'évoquait une vieille dame noire.

— Je t'entends très mal, a-t-elle continué.

— Désolée. Je suis dans un... dans un bar.

Nouvelle qui n'a pas semblé la bouleverser. D'un autre côté, comment pouvait-elle deviner que je n'ai que seize ans, hein[2] ?

— En quoi puis-je t'être utile, Jess ? a-t-elle demandé.

— Euh... (J'ai inspiré profondément.) Ça va vous paraître un peu bizarre, mais bon... il y a ce gamin, Sean Patrick O'Hanahan, un de ceux que vous avez

1. Figure majeure de la scène musicale américaine, né dans l'Indiana, souvent comparé à Bruce Springsteen.

2. Aux États-Unis, les mineurs (moins de 21 ans) n'ont pas le droit d'acheter d'alcool, et donc d'entrer dans les bars qui en servent (il arrive qu'on demande leur carte d'identité aux clients).

flanqués sur les cartons de lait... eh bien je sais où il est.

Je lui ai fourni tous les renseignements à ma disposition.

— Moui, moui, moui, moui, n'arrêtait pas d'acquiescer Rosemary.

Et puis, tout à coup :

— Chérie, tu ne...

Au même moment, Rob m'a appelée. J'ai levé les yeux, il agitait deux paniers en plastique rouge devant lui – notre repas.

— Il faut que j'y aille, Rosemary. Alors, très vite, il y aussi une Olivia Marie D'Amato. Vous devriez la trouver à... (j'ai donné une rue, une ville du New Jersey, et même le code postal pour faire bonne mesure). C'est noté ? Je file. Salut !

Sur ce, j'ai raccroché. J'étais soulagée. J'avais l'impression qu'on m'avait ôté un poids de la poitrine. Ce qui est bizarre, puisque Sean m'avait expressément demandé – tu parles, il m'avait suppliée, oui – de ne rien dire à personne. Il avait eu l'air terrorisé à l'idée d'être découvert. Logiquement, les adultes qui l'avaient enlevé ne pouvaient être que des malfaisants, n'est-ce pas ? Déjà, ils l'obligeaient à mentir sur son nom. Pensait-il à ses parents ? Il devait se douter qu'il leur manquait. Et qu'ils le protégeraient de ceux qui le détenaient. J'avais eu raison d'appeler.

Forcément. Sinon, je ne me serais pas sentie aussi bien, non ?

Enfin, j'ai quand même réussi à m'amuser. Il s'est révélé que Rob avait des tas de potes chez *Chick*. Tous étaient bien plus âgés que lui et, pour la plupart, arboraient des cheveux longs et exhibaient des tatouages imposants[1]. Un des gars avait un gros 31/1/68 sur le bras. De mes cours de civilisation, je me suis rappelé qu'il s'agissait de la date de l'Offensive du Têt[2]. Lesdits copains ont paru un peu surpris de me voir là – même s'ils ont été très sympas – ce qui m'a amenée à penser que soit :

a) Rob n'avait jamais amené de fille chez *Chick* (assez improbable),

b) les filles qu'il y avait amenées avaient plus que moi le genre à traîner autour des Hell's Angels – blondasses maquillées comme des voitures volées, prénommées Teri ou Charleen et n'ayant jamais porté de vichy de leur vie (plus probable).

Ce qui explique sans doute pourquoi, chaque fois que j'ouvrais la bouche, ces mecs se regardaient avec

---

1. Signes distinctifs traditionnels du Hell's Angel qui se respecte.
2. Bataille de la guerre du Vietnam, pendant laquelle les forces du Nord attaquèrent de multiples positions américaines. Malgré l'échec sanglant des communistes, les Américains furent déstabilisés, et un renversement de l'opinion publique s'amorça aux États-Unis, en faveur d'un désengagement. Date considérée comme celle marquant le vrai début de la défaite américaine au Vietnam. Le Têt est le Nouvel An vietnamien.

ahurissement. L'un d'eux a même fini par lancer à Rob :

— Mais où tu l'as dégotée, celle-là ?

Question débile, à laquelle j'ai répliqué :

— Au rayon petites copines de l'animalerie.

Elle était bien bonne, et tout le monde s'est marré, sauf Teri et Charleen.

Bref, l'un dans l'autre, quand je suis rentrée à la maison ce soir-là, le roi n'était pas mon cousin. J'avais sauvé la vie d'un môme (de deux peut-être, même s'il était exclu que je m'appuie la route jusqu'au New Jersey pour y vérifier la situation d'Olivia Marie D'Amato) et j'avais passé la fin de l'après-midi et le début de la soirée en compagnie d'un type totalement craquant qui aimait la vitesse et qui, si je ne m'abusais pas, m'aimait bien aussi. Que demander de plus ?

Que mes parents n'en apprennent rien, ça c'est sûr.

Heureusement, il n'y avait aucune chance que ça arrive, parce que, à l'instant où j'ai passé la porte, vers vingt et une heures – je m'étais arrangée pour que Rob me dépose beaucoup plus loin que chez nous, histoire que mes vieux n'entendent pas sa moto –, j'ai constaté qu'ils ne s'étaient même pas aperçus de mon retard. La raison ? Ils se disputaient salement. À cause de Douglas. Comme d'habitude.

— Il n'est pas encore prêt ! s'égosillait ma mère.

— Plus il attendra, plus ce sera difficile, a répliqué mon père. Il faut qu'il se jette à l'eau maintenant.

— Tu veux donc qu'il recommence ? C'est ça que tu veux, Joe ?

— Bien sûr que non. C'est différent, aujourd'hui. Il est sous médicaments. Écoute, Toni, je suis certain que ça lui ferait du bien. Il a besoin de quitter cette baraque, d'arrêter de rester vautrer à lire des BD.

— Et tu crois que l'exploiter dans la cuisine étouffante d'un restaurant est le meilleur moyen ?

— Il faut qu'il s'aère un peu. Et qu'il pense à gagner sa vie.

— Il est malade !

— Et il ne guérira jamais, Toni. Au moins, il est soigné. Et le traitement est efficace. Les médecins ont assuré que tant qu'il prenait ses médicaments il n'y avait aucune raison qu'il...

Mon père s'est interrompu en me découvrant.

— Qu'est-ce que tu veux encore, toi ? m'a-t-il demandé, assez impoliment si vous voulez mon avis.

— Des céréales. Désolée d'avoir manqué le dîner.

Il m'a adressé un geste signifiant que ce n'était pas le plus important pour l'instant. J'ai sorti une boîte de corn flakes et un bol.

— Il n'est pas prêt, a répété ma mère.

— Toni, il ne peut pas rester planqué dans sa chambre toute sa vie. Il a vingt ans, que diable ! Il doit sortir, rencontrer des gens de son âge...

— Oh, parce ce que s'enfermer dans la cuisine de *Mastriani*, c'est sortir ?

Ma mère est décidément très forte quand il s'agit de manier le sarcasme.

— Oui ! Il y verra des jeunes. Tu connais l'équipe. Ils seront sympas avec lui.

Ma mère a eu un ricanement méprisant. De mon côté, je boulottais mes céréales en faisant mine de m'intéresser au dos du carton de lait. En réalité, je ne perdais pas une miette de leur conversation.

— Bientôt, tu vas vouloir le coller dans une de ces institutions, a réattaqué ma mère.

— Pourquoi pas ? Ce n'est pas une mauvaise idée. Il y retrouverait des gosses atteints du même problème, il découvrirait qu'il n'est pas le seul dans son cas...

— Ça me déplaît. Souverainement.

Exaspéré, mon paternel a levé les bras au ciel.

— Évidemment que ça te déplaît, Toni ! Si ça ne tenait qu'à toi, tu le garderais dans une couveuse. C'est impossible. Tu ne pourras pas le protéger toute *son* existence. Ni le surveiller toute *ton* existence. Il s'arrangera pour recommencer, que tu gardes un œil ou non sur lui.

— Papa a raison, ai-je lancé, la bouche pleine.

— Tu n'as rien de mieux à faire ailleurs, jeune fille ? m'a rétorqué ma mère en me fusillant du regard.

Non. J'ai préféré quand même dire que je montais dans ma chambre travailler ma flûte. Ni lui ni elle n'ont pris la peine de me demander pourquoi j'éprouvais le besoin de m'entraîner après six heures ou presque de répétition officielle avec l'orchestre. Bienvenue dans ma famille.

Claire Lippman n'est pas la seule à m'entendre m'exercer. Ruth aussi. J'avais à peine fini que le téléphone a sonné. Elle voulait tout savoir de mes aventures de motarde.

— C'était pas mal, ai-je dit en frottant l'intérieur de ma flûte avec un tissu monté sur une tige métallique pour en ôter la salive.

— Comment ça, pas mal ? a-t-elle rugi. Qu'avez-vous fait ? Où êtes-vous allés ?

— Bah, ce n'était qu'une petite balade.

Ne me demandez pas pourquoi, mais je ne me suis pas résolue à parler de Sean à Ruth. Comme avec Rob, d'ailleurs. Lassée par les questions de ce dernier, j'avais d'ailleurs fini par lui lancer : « C'est mon usurier perso, pigé ? », ce qui m'avait valu des sifflets approbateurs de la part de ses potes.

— Une balade où ? a insisté Ruth, incrédule. À Chicago ?

— Non. Dans les alentours. Et après, nous sommes allés chez *Chick*.

— *Chick ?* s'est récriée Ruth en frôlant la combustion spontanée. Mais c'est un *bar*. Un bar de *motards*.

— Oui.

— Personne n'a exigé ta carte d'identité ?

— Non.

Seulement parce que Rob connaissait le barman.

— Tu as bu ?

— Bien sûr que non.

— Et lui ?

— Bon sang, Ruth ! Tu crois vraiment que je serais montée sur la bécane d'un type qui picole ? Nous nous en sommes tenus au soda.

— Mouais. Il t'a embrassée ?

Je n'ai pas répondu, trop occupée à démonter ma flûte et à la ranger dans les compartiments en velours de sa boîte.

— Oh, Jess ! Il t'a embrassée ! C'est stupéfiant ! Avec la langue ?

— Non. Hélas.

— Omondieu ! C'est sans doute mieux ainsi. Après tout, c'était votre premier rendez-vous. Autant qu'il ne te prenne pas pour une fille facile. Bon, vous comptez remettre ça ?

— Ce week-end peut-être, ai-je marmonné.

C'est alors que je me suis rendu compte qu'il ne m'avait pas proposé d'autre rencontre. Qu'est-ce que ça signifiait ? Qu'il ne m'appréciait pas ? Que c'était à moi de le relancer ? N'étant jamais sortie avec personne, je fonctionnais un peu au radar. Et inutile d'interroger Ruth, encore plus ignorante que moi dans ce domaine.

— Je suis estomaquée que tu voies un Cul-Terreux, continuait-elle de son côté.

— T'es qu'une sale snob. Quelle importance, puisqu'il est super cool ? Et qu'il s'y connaît en motos.

— D'accord, mais il n'a pas l'intention d'aller à la fac, non ? Après son bac ?

— Non. Il a déjà un boulot en vue. Dans le garage de son oncle.

— La gloire ! Enfin, j'imagine que c'est à peu près acceptable, du moment que tu te bornes à t'envoyer en l'air et à en profiter pour te balader gratos sur une Indian.

— Je raccroche, Ruth.

— OK. Tu bosses, demain ?

— Et le pape, il est catholique ?

— D'accord. Wouah ! Je n'arrive pas à croire qu'il t'a embrassée.

En vérité, moi non plus. Mais je ne l'ai pas dit à Ruth. Ni comment, au moment crucial, j'avais failli me casser la figure de la selle, tant j'avais été surprise. Ce n'est pas parce que je suis tout le temps collée que j'ai beaucoup d'expérience.

Pourvu qu'il ne se soit rendu compte de rien !

8

Tous les samedis, et la plupart des dimanches après la messe, je suis de corvée dans l'un des établissements de mon père. Michael aussi. Et Douglas, avant qu'il ne parte à la fac et ne nous en revienne malade. J'imagine qu'aucun enfant de restaurateurs n'y échappe, expérience censée nous inculquer une éthique et nous apprendre que tout dans la vie n'est pas forcément servi sur un plateau. D'ailleurs, c'est plutôt nous qui le garnissons, le plateau. De la même façon que nous nous tapons la vaisselle, le réapprovisionnement des tables chauffantes, la caisse et le cahier des réservations.

Tout ce qui peut vous venir à l'esprit en matière de tâches ingrates dans un restaurant, j'y ai eu droit.

Ce samedi-là, j'avais tendance à multiplier les erreurs de caisse, et Pat, le responsable, m'a flanquée au service à table. Hé, ce n'était pas ma faute. J'avais la tête ailleurs. Et pas dans le cou de Rob Wilkins, gros malins. Non, j'étais préoccupée parce que, en m'éveillant le matin, j'avais eu la certitude de savoir où Hadley Grant et Timothy Jonas Mills se trouvaient.

Ma mère avait jeté l'ancien pack de lait, celui avec Sean Patrick et Olivia Marie, et en avait acheté un neuf. Et voilà que j'avais trouvé où étaient les deux portés disparus de celui-là aussi.

J'avais la frousse. Car enfin, d'où me venaient ces rêves ? C'était quand même formidable de me réveiller avec en tête ces informations concernant la localisation de deux parfaits étrangers.

Pas question que je téléphone, cette fois. Un coup de fil avait déjà été assez compliqué. Deux aurait été pousser le bouchon un peu loin. Pour commencer, je n'étais même pas sûre de la justesse des renseignements que j'avais fournis à Rosemary. Et si, par hasard, ils s'étaient révélés faux ? Si, par malchance, le môme de Paoli n'avait pas été Sean Patrick O'Hanahan, mais un gamin parmi d'autres que, pour le coup, j'avais sans doute complètement affolé d'ailleurs ?

Non. Ç'avait été lui. Je me souvenais de sa brusque pâleur sous ses taches de rousseur. Ç'avait bien été Sean, sûre et certaine.

Or, si j'avais eu raison...

Dès ma première pause, je me suis ruée sur le téléphone des toilettes et me suis retrouvée en attente sur le 0800-TEOULA. J'ai été outrée qu'ils osent me faire poireauter. Combien d'appels avaient-ils donc le samedi après-midi ? Je n'avais que cinq minutes, nom d'un chien, et je n'avais même pas eu le temps d'aller au petit coin. Les secondes s'égrenaient, une famille est arrivée et s'est installée à une table que je n'avais pas encore débarrassée. Ils ont commencé à entasser les verres vides et les assiettes sales en une pile dangereusement instable. Non mais je vous jure ! Il y a des gens, c'est vraiment n'importe quoi !

Finalement, au bout du fil, une femme m'a prise et m'a demandé en quoi elle pouvait m'aider.

— Rosemary ?

— Non. (Celle-ci était blanche, avec un accent du Sud.) Rosemary n'est pas là aujourd'hui. Je m'appelle Judith. Que puis-je pour vous ?

— Tant pis. Je crois savoir où sont deux enfants. Hadley Grant et Timothy Jonas Mills.

— Ah bon ?

Très suspicieuse, la Judith.

— Ouais.

La famille pressée s'est mise à regarder autour d'elle d'un air furibond. Un des gosses venait d'essayer de terminer un fond de verre.

— Écoutez, Hadley est à... (je lui ai donné l'adresse exacte, quelque part en Floride), et Timothy est au Kansas (j'ai précisé la ville, la rue et le numéro de la maison). Vous avez noté ?

— Excusez-moi, mademoiselle, a répliqué Judith, êtes-vous la...

— Désolée, je dois y aller.

Et j'ai raccroché, parce que la famille avait entrepris de débarrasser la vaisselle sale sur la table voisine qui venait de se libérer, et aussi parce que j'avais eu l'impression que Judith allait me parler de Sean et Olivia, ce à quoi je ne tenais pas.

Malgré tout, je me sentais mieux. Comme la veille.

Enfin, jusqu'à ce que Pat m'informe que je n'étais plus autorisée à servir et me rétrograde à la plonge.

Le reste du week-end s'est déroulé sans incident majeur. Le samedi soir, Ruth est passée à la maison. Elle avait apporté son violoncelle, et nous avons joué un concerto puis regardé des vidéos qu'elle avait louées. Mike est descendu un petit moment et s'est fichu de nos goûts en matière de cinéma. Ruth n'aime que les films qui contiennent une transformation physique. Comme *Pretty Woman*, où Julia Roberts achète toutes ces fringues. Pour ma part, je suis plutôt portée sur les explosions. Rares sont les œuvres qui combinent ces deux éléments. *Nom de code : Nina*[1], avec Bridget Fonda, est certainement la seule, même. Nous l'avons vue neuf fois.

1. Remake américain de *Nikita*, de Luc Besson.

Douglas a également fait une brève apparition, quand il a rapporté à la cuisine les bols sales qui traînaient dans sa chambre depuis des semaines. Il a regardé le film pendant quelques minutes, puis ma mère l'a repéré et lui a sauté dessus en lui demandant s'il allait bien. Du coup, il est remonté fissa se cacher dans sa piaule.

Vers onze heures du soir, j'aurais juré avoir perçu le ronronnement de l'Indian de Rob Wilkins devant notre maison. Mais quand j'ai regardé par la fenêtre, il n'y avait personne. J'avais dû prendre mes désirs pour la réalité. Si ça se trouve, il flippait un max en se rappelant à quel point je manquais d'expérience en matière de baiser et ne m'inviterait plus jamais à sortir avec lui.

Eh bien tant pis pour lui !

Dimanche, après la messe, mon père nous a largués devant *Mastriani* pour donner un coup de main avec les clients venus prendre un brunch. Enfin, Mike et moi. Douglas n'est plus obligé d'aller à l'église, qu'il remplace par de la lecture au fond de son lit. D'accord, il est malade, mais je resterais volontiers à la maison le dimanche matin pour me gaver de BD. Ou de télé. Malheureusement, n'ayant jamais tenté de me tuer, je suis contrainte d'assister à la messe. Et de mettre une robe qui va avec celle de ma mère.

Ce qui est en soi suffisant pour douter de l'existence de Dieu, croyez-moi.

Le seul événement marquant, ce soir-là, ça a été que nous avons été à court de lait, et que ma mère m'a expédiée en acheter avec Mike. Celui-ci m'a laissée conduire à l'aller, mais il a absolument refusé que je prenne le volant pour rentrer. J'ai tendance à considérer les limitations de vitesse comme des suggestions. Pour peu qu'il n'y ait personne d'autre sur la route, on devrait pouvoir rouler aussi vite qu'on le souhaite. Hélas, Mike – et vos amis de la circulation qui s'entêtent à me refuser mon permis – ne partagent pas cet avis.

À l'épicerie, j'ai choisi un carton de lait avec la photo de gamins que je n'avais pas encore vus, histoire de mener une petite expérience. Il expirait dans deux jours, mais au rythme où Douglas bâfre, ça n'avait aucune importance – il nous en faudrait un autre dès le lendemain. Mon frère est capable d'engloutir d'un seul coup une boîte entière de céréales, taille famille nombreuse. C'est un miracle qu'il ne grossisse pas. Comme Goodheart, il a un métabolisme à toute épreuve.

Toujours à l'épicerie, nous sommes tombés sur Claire Lippman. Plantée près des journaux, elle feuilletait *Cosmo* pendant que sa mère farfouillait dans les épis de maïs au rayon légumes. Mike l'a longuement mangée des yeux. Au bout d'un moment, exaspérée, je lui filé un coup de coude dans les côtes.

— Tu n'as qu'à l'aborder, nom d'une pipe !

— C'est ça ! Et je lui parlerais de quoi ?

— Dis-lui qu'il te tarde de la voir dans *Fin de partie*.

— C'est quoi, ça ?

— Une pièce où elle joue. Elle tient le rôle de Nell. Elle est assise dans une poubelle durant toute la représentation.

— Comment tu le sais ? s'est-il étonné en me dévisageant. Tu t'es inscrite au club de théâtre ?

Me rendant compte de ma bévue, j'ai éludé.

— T'occupe. Allez, on se tire.

Mais il ne voulait pas, le fripon. Il n'a pas bougé, contemplant Claire comme une idole.

— De toute façon, elle n'accepterait pas de sortir avec moi, a-t-il fini par murmurer. Si je lui demandais. Pourquoi le ferait-elle, d'ailleurs ? Je n'ai même pas de voiture.

— Tu n'avais qu'à t'en acheter une avec tout l'argent que tu as gagné en travaillant au restaurant. Mais non, il a fallu que tu optes pour ce scanner idiot.

— Et une imprimante. Et un lecteur zip. Et...

— Oh, bon sang, on s'en fiche ! Tu peux toujours emprunter la voiture de p'pa.

— Ben voyons. Une Volvo break. N'importe quoi ! Allez, filons.

Décidément, les mecs sont une énigme, et le mariage relève du miracle.

À part ça, pas grand-chose, donc. Sauf que plus

tard, tandis que je répétais mes exercices de flûte, j'ai de nouveau cru entendre une moto qui descendait notre rue. Et cette fois, quand je me suis ruée sur ma fenêtre, celle qui a une vue plongeante sur le quartier, j'ai aperçu des feux arrière qui bifurquaient au loin.

Ça aurait très bien pu être Rob. Qui sait ?

Je suis allée me coucher, toute contente à l'idée qu'un garçon m'aimait peut-être. Il en faut parfois si peu (comme de penser que quelqu'un vous apprécie) pour vous rendre heureux, c'est inimaginable. Au regard de ce qui s'est passé le lendemain, c'était particulièrement inimaginable, d'ailleurs. Car j'ai découvert que j'avais des problèmes autrement plus importants que de savoir si je plaisais ou non à un garçon.

Sacrément plus importants, même.

9

Voici ce qui s'est produit le lundi. Comme d'ordinaire, Ruth m'a emmenée au lycée. Durant tout le trajet, je n'ai pas réussi à m'ôter du crâne les deux filles figurant sur le carton de lait que j'avais acheté la veille. Une fois de plus, je m'étais réveillée avec le sentiment de savoir où elles étaient, et ce dans le moindre détail. Ça commençait à me flanquer une sacrée frousse.

Malheureusement, comme dans les cas précédents, je n'arrivais pas à les oublier. Bref, sitôt au bahut, je me suis arrangée pour larguer Ruth et j'ai contacté ce bon vieux 0800-TEOULA. C'est Rosemary qui a décroché.

— Salut, Rosemary, ai-je lancé. C'est moi, Jess. J'ai téléphoné vendredi, vous vous souvenez ?

Rosemary a avalé sa salive.

— Jess ! a-t-elle piaillé ensuite, manquant de me percer les tympans. Où es-tu, chérie ?

Ça m'a paru bizarre que quelqu'un travaillant pour le 0800-TEOULA me pose cette question, à *moi*.

— Ben, au lycée.

— Des gens te cherchent, chérie. Tu nous as contactés, samedi ?

— Oui, pourquoi ?

— Ne quitte pas. Il faut que j'avertisse mon chef. Je le lui ai promis, si par hasard je t'avais.

La sonnerie marquant le début des cours a retenti.

— Minute ! Je n'ai pas le temps, là. Il faut que je vous parle de Jennie Lee Peters et Samantha Travers...

— J'ai l'impression que tu ne comprends pas, Jess. Tu n'as pas lu les journaux ? Ils les ont trouvés. Sean et Olivia. Pile aux adresses que tu avais mentionnées. Et ceux de samedi, ils les ont trouvés aussi. Du coup, il y a des gens qui souhaitent te parler, ici. Ils veulent comprendre comment tu as su...

Ainsi, ç'avait bien été Sean. Pourquoi avait-il prétendu s'appeler Sam, alors ? Et pourquoi avait-il eu l'air tellement effrayé alors que je ne cherchais qu'à l'aider ?

— Je l'ignore moi-même, ai-je répondu à Rosemary. Je vais être en retard. Contentez-vous de noter...

— Je te passe mon directeur, Larry Barnes. Larry ? C'est elle, Jess.

— Jess ? a lancé une voix, masculine. C'est bien Jess ?

Pour le coup, je me suis mise à avoir vraiment la trouille. Moi, j'avais seulement voulu donner un coup de main, pas discutailler avec Larry le dirlo.

— Écoutez, me suis-je dépêchée de dire. Jennie Lee Peters est à Escondido, en Californie. (J'ai balancé son adresse à toute vitesse.) Pour Samantha Travers, c'est un peu étrange, mais si vous prenez la départementale n° 4, juste à l'extérieur de Wilmington, Alabama, vous la trouverez près d'un arbre, un grand arbre flanqué d'un gros rocher...

— Jess, a coupé Larry, donne-moi ton nom de famille, s'il te plaît. Et l'endroit d'où tu appelles.

À cet instant, j'ai aperçu la mère Pitt, la prof d'économie ménagère, qui s'amenait. La mère Pitt ne peut pas me piffer depuis le jour où j'ai renversé un soufflé sur la tête d'un gars de ma classe. Il le méritait amplement, vu qu'il avait eu le toupet de me demander quel effet ça faisait d'avoir un frère demeuré. La Pitt n'allait pas hésiter à me dénoncer au CPE.

— Il faut que j'y aille, ai-je lancé en raccrochant.

Malheureusement, ça n'a servi à rien. Le dragon m'est tombé dessus comme la pauvreté sur le monde.

— Explique-moi un peu ce que tu fabriques ici au lieu d'être en cours, Jessica Mastriani !

Et elle a aussitôt griffonné un mot à l'intention des autorités.

Je vous remercie infiniment, madame Pitt, et je profite de l'occasion pour mentionner ma gratitude envers votre compréhension et votre amabilité. Ici, au beau milieu de ma *déposition* qui, si j'ai bien compris, va être rendue publique. Comme ça, le monde entier saura quelle merveilleuse prof vous êtes.

À l'heure du déjeuner, je me suis donc retrouvée chez Goodheart. Il m'a sorti son laïus habituel, comme quoi je devais m'appliquer un peu plus, faute de quoi je n'irais jamais en fac, etc. Puis il m'a filé une nouvelle semaine de détention, pour mon bien, a-t-il cru bon de préciser. Je lui ai demandé s'il avait un journal sous la main parce que j'avais un devoir à rédiger sur un événement récent pour le cours d'histoire contemporaine.

Ce qui était un mensonge éhonté, naturellement. Je voulais seulement vérifier les dires de Rosemary.

Goodheart m'a tendu un exemplaire de *USA Today*. Je me suis posée dans la salle d'attente pour le feuilleter. En dépit des nombreux articles concernant les célébrités s'adonnant à des passions coupables, ce qui m'a quelque peu distraite, j'ai fini par dénicher l'histoire sous la rubrique Nation. On y racontait comment un coup de fil anonyme au 0800-TEOULA avait permis de localiser quatre enfants, dont l'un avait disparu depuis sept ans.

Sean.

J'ai contemplé l'article avec ahurissement. Moi. C'était *moi*, la responsable de l'appel anonyme. Et j'étais dans le journal, un journal d'envergure nationale qui plus est.

L'Organisation Fédérale pour les Enfants Disparus souhaitait m'identifier afin de me remercier.

Apparemment, il y avait aussi une récompense substantielle pour avoir retrouvé Olivia Marie D'Amato. Dix mille dollars pour être exacte.

Dix mille dollars. Ça faisait un paquet de motos, ça.

Sauf que, immédiatement, j'ai compris que je n'accepterais pas cet argent. Je n'ai jamais été très attentive à l'église, mais j'ai quand même pigé que l'être humain était censé accomplir de bonnes actions envers son prochain. Et pas pour en tirer un bénéfice quelconque. Simplement parce que c'est juste. Comme de balancer une patate à Jeff Day, par exemple. C'était un geste juste. Échanger une bonne action contre du fric était... mal.

Bref, vu que je ne voulais pas de récompense ni, surtout, ma photo à la une de *USA Today*, j'ai décidé de ne pas contacter l'OFED. Par ailleurs, je ne tenais guère à ce que ma soudaine et étrange aptitude à localiser des mômes disparus devienne de notoriété publique. J'ai déjà assez de mal à m'intégrer. Si les gens apprenaient ça, je finirais couverte de sang de cochon, comme Carrie[1]. Personne n'a envie de ce genre d'embêtement.

Sans compter que ma famille n'était pas prête à affronter ça. Ma mère ne s'était pas encore remise de ce qui était arrivé à Douglas. J'ai beau soupçonner qu'il vaut mieux se découvrir un enfant doté d'un don surnaturel qu'un enfant affecté par la schizophrénie, cela revient finalement au même : anormal. Or ma mère n'a jamais désiré qu'une chose dans la vie – fonder une famille normale.

Quoique, quand on y réfléchit, qu'il y a-t-il de normal dans le fait que deux femmes portent des robes assorties amoureusement cousues main ? Personnellement, ça m'échappe.

Mais bon. Je n'avais pas besoin de pression supplémentaire. J'avais amplement mon compte.

Bref, je n'ai pas rappelé le 0800-TEOULA. Ni personne d'ailleurs. Je me suis contentée de continuer ma petite vie pépère. À la cantine, Ruth s'est fichue de moi (parce que je sortais avec un Cul-Terreux) devant d'autres copines de l'orchestre qui s'y sont mises à leur tour. Je m'en fichais. Ce n'étaient que de grosses jalouses. Et je les comprenais. Rob Wilkins était super craquant. Et quand je me suis rendue en colle à la fin de la journée, j'admets que mon cœur a

1. Héroïne douée de télékinésie du roman éponyme de Stephen King (1974) et du film qui en a été tiré, *Carrie au bal du diable* (1976), primé au festival du film fantastique d'Avoriaz en 1977. Un classique du genre.

eu un raté lorsque je l'ai vu. Ce mec est décidément très mignon.

Il a fallu attendre un bon moment avant que Mlle Clemmings relâche sa surveillance. Cela acquis, j'ai sorti mon cahier et me suis attaquée à mes devoirs. Malheureusement, et contrairement au vendredi, Rob ne me l'a pas arraché pour y écrire de charmantes petites notes. Il s'est cantonné à son roman d'espionnage. Ce n'était pas le même que celui de la semaine précédente, et il devait être passionnant, mais quand même, ce rustaud aurait pu me saluer, ne serait-ce que ça.

Son indifférence m'a mise de mauvaise humeur. D'autres filles à ma place auraient sans doute capté le message mais, rappelez-vous, je manquais d'expérience. Je ne comprenais pas quelle erreur j'avais commise. Était-ce la façon dont j'avais réagi quand il m'avait embrassée ? Lorsque j'avais manqué de me casser la figure. Je reconnais, c'était un peu puéril. Soyez généreux : il s'agissait de mon premier baiser. À moins que ce soit ma remarque sur le rayon petites copines de l'animalerie. Ou le fait évident que je détonnais par rapport à Teri et Charleen. Cette incertitude m'a rendue encore plus grincheuse.

Ce qui explique sûrement pourquoi, quand Hank Wendell s'est penché vers moi pour me chuchoter : « Hé, Mastriani, qu'est-ce que j'apprends là ?

Wilkins t'a montré sa saucisse vendredi ? », je lui ai balancé mon coude dans la gorge.

Pas assez fort pour lui écrabouiller le larynx et le faire tourner de l'œil (hélas), suffisamment néanmoins pour le rendre très, très teigneux. Mais, avant que son poing ait eu le temps d'entrer en contact avec mon visage (j'étais prête à rouler par terre, comme mon père me l'a appris), une main a surgi et a dévié son bras de mon champ de vision.

— Je croyais qu'on était d'accord ? a susurré Rob. Tu lui fiches la paix.

Il était à moitié vautré par-dessus moi pour maintenir Hank et, par conséquent, la boucle de son ceinturon était au niveau de mon nez. Pas une position très digne.

Ça m'a rendue folle de rage. Presque autant que la remarque de Hank.

— Serais-tu par hasard allé raconter à tout le monde que nous avons couché ensemble ? ai-je lancé, en me dévissant le cou pour apercevoir sa figure.

Sur scène, la répétition avait stoppé net. Tous les acteurs de *Fin de partie* nous contemplaient. Mlle Clemmings a braillé :

— Que se passe-t-il, là-haut ? Monsieur Wilkins, lâchez immédiatement M. Wendell et asseyez-vous !

— Bon Dieu, Wilkins ! a haleté Hank d'une voix hachée (à la réflexion, j'avais peut-être frappé plus fort que je ne le pensais), tu es en train de me péter le bras.

— Et je te l'arracherai sans hésitation si tu ne la laisses pas tranquille, a riposté Rob sur un ton réfrigérant que je ne lui connaissais pas.

— D'accord, bon Dieu, d'accord.

Rob l'a lâché, Hank s'est effondré sur son siège, et mon sauveur a repris sa place. Quant à Mlle Clemmings, qui avait remonté la moitié de l'allée, elle a hoché la tête avec satisfaction, l'air de croire que la bagarre avait cessé grâce à sa divine intervention. Tu parles !

En tout cas, j'étais en rogne.

— Qu'est-ce qu'il a voulu dire ? ai-je sifflé à Rob dès que la prof a eu le dos tourné. De quoi parlait-il ?

— De rien, a-t-il répondu en se replongeant dans son bouquin. C'est un enfoiré (Excusez son langage). Mets-la en veilleuse, veux-tu ?

Bon, autant vous prévenir tout de suite, je déteste que les gens me conseillent de la mettre en veilleuse. Par exemple, quand ils viennent de déblatérer sur le compte de Douglas, ne comprennent pas que je m'emporte et me demandent de descendre de mes grands chevaux. Je ne peux pas. C'est plus fort que moi.

— Non, je ne me détendrai pas, ai-je grondé. Je veux savoir de quoi il retourne. Que se passe-t-il, bon sang ? Tu as raconté à tes potes que nous avions couché ?

Rob a enfin levé les yeux. Ses traits étaient totalement dénués d'expression, quand il a répliqué :

— Et d'une, Wendell n'est pas mon pote.

Sur ma gauche, Wendell, qui se massait le poignet, a grommelé :

— Tu l'as dit, bouffi.

— Et de deux, a continué Rob, je n'ai parlé de toi à personne, compris ? Alors calme-toi.

Je déteste aussi quand les gens me suggèrent de me calmer.

— Écoute, je n'ai aucune idée de ce qui se passe, mais si je découvre que tu es allé déblatérer sur moi dans mon dos, je te flanque une raclée. Compris ?

Pour la première fois ce jour-là, il m'a souri. Comme s'il n'en avait pas eu envie mais n'avait pu se retenir.

Et il a un de ces sourires, ce Rob. Bon, je ne vais pas vous faire un dessin.

Quoique. Vous ignorez sans doute de quoi je parle. Un instant, j'avais oublié pour qui j'écris.

Passons.

— Toi, tu me flanques une raclée ? a-t-il répété, visiblement très amusé.

C'est peu dire que mon humeur ne s'est pas améliorée.

— Gaffe, mec ! l'a averti Hank. Elle cogne dur, pour une fille.

— Exactement, ai-je renchéri. Alors, tu peux numéroter tes abattis.

J'ignore ce qu'il allait répondre car, au même moment, Mlle Clemmings nous a ordonné de la boucler, poussant des « chut » censés nous affoler. Plus impassible que jamais, Rob a une nouvelle fois fourré son nez dans son livre. Je n'ai eu d'autre choix que de retourner à mes devoirs.

Mais je bouillais, croyez-moi !

Et je me suis mise à bouillir encore plus lorsque, une fois libérée de retenue, j'ai découvert que je n'avais personne pour me ramener à la maison. Comme une imbécile, j'avais conseillé à Ruth de ne pas s'embêter à venir me chercher, ayant supposé que Rob me raccompagnerait.

Formidable ! Franchement génial !

J'aurais pu appeler ma mère. J'étais cependant trop mortifiée pour l'attendre en tournant en rond. J'avais l'impression que si je ne frappais pas quelqu'un très vite j'allais péter les plombs. Quand je suis dans cet état, mieux vaut m'éviter. Surtout si l'on est ma mère.

Bref, je suis partie à pince. Les deux kilomètres m'importaient peu. J'étais tellement en colère que je ne sentais pas mes pieds. Le soleil resplendissait, il n'y avait pas un nuage à l'horizon et aucune raison de craindre un foudroiement. Ce qui, pour l'heure, était le cadet de mes soucis. Un millier d'éclairs seraient tombés du ciel que je ne m'en serais pas aperçue.

Comment avais-je pu me conduire de façon aussi idiote ? Comment avait-je pu être aussi *nulle* ?

Je longeais les gradins du stade – les lieux du crime – quand j'ai entendu le ronronnement de la moto de Rob. Il est venu se ranger le long du trottoir.

— Viens ! m'a-t-il lancé.

— Va te faire voir, ai-je rétorqué sans daigner le regarder.

Et j'étais sincère.

— Tu comptes rentrer chez toi à pied ? Allez, grimpe, je te raccompagne.

Je lui ai signifié où il pouvait se la mettre, sa proposition.

— Écoute, j'ai commis une erreur, je suis désolé, d'accord ?

J'ai cru un instant qu'il s'agissait là d'excuses quant à son attitude calamiteuse pendant la retenue et je me suis un peu calmée. Malheureusement, le moment de grâce n'a pas duré, parce qu'il a précisé :

— Je pensais que tu étais plus vieille.

Ça m'a arrêtée net. Je me suis tournée pour le dévisager.

— Comment ça, plus *vieille* ?

Il n'avait pas son casque, et j'ai bien vu qu'il était très mal à l'aise.

— Je ne savais pas que tu n'avais que seize ans, OK ? À ma décharge, tu ne te comportes pas comme une gamine de seize ans. Tu sembles beaucoup plus mûre. Enfin, sauf pour ce qui est de cogner les mecs plus costauds que toi.

Je ne le suivais plus, là.

— J'aimerais comprendre en quoi mon bon Dieu d'âge pose un bon Dieu de problème !

— C'est pourtant le cas.

— Je ne vois pas pourquoi.

— C'est comme ça.

— Explique-toi.

— J'ai dix-huit ans, a-t-il marmonné en s'intéressant soudain de très près à la chaussée. Et je purge une peine de mise à l'épreuve.

Pardon ? J'étais sortie avec un *criminel* ? Si ma mère l'apprenait, elle en claquerait aussi sec. Ma curiosité naturelle envers mon prochain m'a cependant poussée à me renseigner.

— Qu'est-ce que tu as fait ?

— Rien.

Une Volkswagen est passée en klaxonnant. Rob était bien rangé sur le côté de la route, et je me suis demandé ce que la conductrice nous reprochait. À cet instant, elle a agité la main. C'était Mlle Clemmings. Genre : « Pouêt, pouêt, coucou les enfants, à demain en retenue ! »

— Non, sérieux. Qu'est-ce que tu as fait ?

— Une bêtise, t'occupe.

— Je veux savoir.

— Eh bien, ne compte pas sur moi pour te renseigner. Alors, oublie.

Mon imagination s'est emballée. De quoi s'était-il rendu coupable ? Avait-il dévalisé une banque ? Non, pour ça, on allait droit en prison. Pareil quand on avait tué quelqu'un. Qu'avait-il pu trafiquer ?

— En tout cas, a-t-il enchaîné, je ne pense pas que ce soit une super idée. Qu'on sorte ensemble. À moins que... C'est quand, ton anniversaire ?

— Le mois dernier.

Il a proféré un mot que je m'abstiendrai de rapporter ici.

— Écoute, ai-je dit, je me fiche que tu sois soumis à une mise à l'épreuve.

— Ouais, mais pas tes parents.

— Détrompe-toi. Ils sont super tolérants.

— À d'autres ! s'est-il esclaffé. Si tolérants que tu m'as prié de te déposer au bout de la rue l'autre soir. Si tolérants que tu leur as soigneusement caché mon existence. Alors que tu ne savais même pas que j'étais en mise à l'épreuve. Allez, avoue !

Il m'avait coincée, le cochon.

— Disons qu'ils traversent actuellement une période difficile et que je ne souhaite pas ajouter à leur tension. Mais, entre nous, il n'y a aucune raison pour qu'ils soient au courant de quoi que ce soit.

— Les rumeurs vont bon train. Regarde Wendell. Tôt ou tard, tes parents – sans parler de mon officier de contrôle – auront vent de ce qui se passe.

Parfait. Je n'allais pas le supplier de sortir avec moi, hein ? Il était craquant et tout et tout, mais une fille a son orgueil.

— Comme tu veux, ai-je donc marmonné en haussant les épaules.

Sur ce, je lui ai tourné le dos et suis repartie.

— Mastriani ! m'a-t-il hélée d'une voix lasse. Monte sur cette bécane, veux-tu ? Je te ramène chez toi. Enfin, au coin de ta rue.

— Je ne sais pas, ai-je minaudé en battant des cils. Mlle Clemmings nous a déjà vus ensemble. Imagine qu'elle coure chez les flics et...

— Grimpe là-dessus, Mastriani ! a-t-il soupiré, agacé.

Une minute, les gars. Je vous vois venir, avec vos gros sabots.

Vous pensez que, malgré les risques encourus, Rob et moi nous sommes jetés dans une relation torride, et que je vais en étaler les détails les plus croustillants dans ma *déposition*. Vous salivez déjà à l'idée de vous rincer l'œil. Navrée de vous décevoir, mais il n'en est pas question. D'abord, ma vie amoureuse ne concerne que moi et, si je la mentionne ici, c'est juste parce que ça servira plus tard. Ensuite, Rob ne m'a pas touchée.

Soyez certains que j'en ai été la première désolée.

Non, il s'est borné à me déposer au coin de la rue, comme promis, et j'ai terminé le chemin à pied, maudissant d'avoir à vivre dans cet État aux lois rétrogrades. Figurez-vous que l'Indiana interdit à une jeune fille de seize ans de sortir avec un type de dix-huit ans, mais autorise le mariage entre cousins germains, et ce à n'importe quel âge.

Je ne blague pas. Vérifiez si vous ne me croyez pas.

Comme d'habitude, quand je suis rentrée ce soir-là, ça bardait sec dans la cuisine. Cette fois, il s'agissait de ma mère, de mon père et de Douglas (cherchez l'erreur). Debout dans un coin, il regardait ses orteils, tandis que ma mère s'en prenait à mon paternel.

— Je t'avais dit qu'il n'était pas prêt, s'égosillait-elle (précisons qu'elle est dotée de poumons d'une envergure exceptionnelle). Je t'avais prévenu. Tu m'as écoutée ? Non, bien sûr que non ! Joe Mastriani, le super Monsieur-je-sais-tout.

— Il s'en est très bien tiré. D'accord, il a laissé tomber un plateau et a cassé quelques trucs. La belle affaire ! Des plateaux qui tombent, il y en a tous les jours. Ça ne signifie pas...

— Il n'est pas prêt !

Douglas m'a aperçue dans l'encadrement de la porte. J'ai levé les yeux au ciel. En rougissant, il a de nouveau baissé la tête. Au lycée, les gens bavent sur mon frangin « zinzin », et certains sont allés jusqu'à affirmer qu'il était un tueur en série potentiel. C'est une des raisons expliquant ma condamnation à vie aux heures de colle – j'ai été obligée de tabasser tous ceux qui dégoisaient sur lui. Mon frère ne sera jamais un tueur en série. Il est bien trop timide pour ça. Pour ce que j'en sais, Ted Bundy[1] était plutôt extraverti.

Me remarquant à son tour, mon père m'a demandé d'où j'arrivais. Sans acrimonie cependant.

— De la répétition de la fanfare, ai-je menti avec aplomb.

— Ah bon.

Puis il est reparti à enguirlander ma mère.

Je me suis servi un bol de céréales. En examinant le carton de lait, évidemment. Comme je l'avais soupçonné, c'était un neuf. J'ai examiné les visages des enfants reproduits sur celui-ci. Saurais-je où ils habitaient, le lendemain matin ? J'avais le pressentiment que oui. Après tout, la marque sur ma poitrine était toujours là, aussi vivace qu'au premier jour. Comment s'en sortait Sean ? À cette heure, il devait avoir retrouvé avec joie une famille aimante. Il pouvait me remercier, celui-là ! Et s'excuser par la même occasion de s'être comporté comme un cinglé d'avorton.

Je suis montée. Mais avant que j'aie eu le temps de

1. Né en 1946, intelligent, beau parleur, séduisant, c'est l'un des tueurs en série les plus célèbres des États-Unis. Soupçonné d'avoir tué plus d'une trentaine de jeunes femmes, il a été exécuté en 1989.

gagner mes pénates, Mike m'a flanqué la frousse de ma vie en jaillissant comme un diable, non de sa chambre, mais de celle de Douglas.

— Je te tiens ! braillait-il. Qui c'est, nom d'un chien ?

— Qui est qui ? ai-je rétorqué, affalée contre le mur et le cœur battant. Et qu'est-ce que tu fiches dans la piaule de Doug ?

Puis j'ai vu les jumelles dans sa main et j'ai compris.

— Ce n'est pas ce que tu crois, me suis-je défendue.

— Ah ouais ? Pourtant, il me semble bien t'avoir surprise à traînasser avec un Hell's Angel. Non mais !

— Crétin ! Ce n'est pas un Hell's Angel, et je ne traînasse avec personne.

— Alors qui c'est ?

— Il est en Terminale, comme toi. Il s'appelle Rob Wilkins.

— Rob Wilkins ? Inconnu au bataillon.

— Tu m'étonnes ! Tu ne connais personne dont le nom n'est pas suivi d'un A entouré d'un cercle et suivi des mots « AOL point com ».

Malheureusement, il en fallait plus que mes railleries pour lui faire lâcher prise.

— C'est un cancre ? a-t-il réattaqué.

— Non. Et ce ne sont pas tes oignons.

— Alors, comment expliques-tu que je ne le... Omondieu ! Ne me dis pas que c'est un Cul-Terreux ?

— Voilà qui est très politiquement correct, Mike ! Je parie que tes futurs amis de Harvard vont adorer ton ouverture d'esprit.

— M'man va te tuer.

— Non, parce que tu ne lui diras rien.

— Cause toujours ! Pas question que ma sœur sorte avec un Bouffeur-d'Avoine.

— Nous ne sortons pas ensemble. Et si tu promets de ne pas moucharder, je... je prends ton service au restaurant ce week-end.

Son humeur s'est aussitôt améliorée, tandis que l'élan protecteur envers sa petite sœur qui s'était emparé de lui s'évanouissait aussi vite qu'il était apparu. Après tout, cette découverte lui donnerait une occasion de passer plus de temps sur l'Internet.

— Sans charre ? a-t-il demandé. Celui de dimanche soir aussi ?

J'ai soupiré, l'air de consentir à un sacrifice énorme, alors que, en réalité, je l'aurais remplacé jusqu'à la fin de mes jours pour empêcher que ma mère n'apprenne l'existence de Rob.

— J'imagine que je n'ai pas le choix, ai-je murmuré.

Mike a rayonné comme un lumignon. Puis il a paru se rappeler qu'il était mon aîné et que, en tant que tel, il était supposé veiller sur moi, car il a lancé :

— Tu ne trouves pas qu'un élève de Terminale, c'est un peu vieux pour toi ? Tu n'es qu'en Seconde, après tout.

— Ne t'inquiète pas. Je suis capable de me débrouiller toute seule.

— Mouais. Et s'il voulait... tu sais, aller plus loin.

Mon désir le plus cher, évidemment. Qui, malheureusement, n'était pas parti pour être exaucé, à en juger par le brusque retournement de Rob.

— De quoi je me mêle ? Continue à espionner Claire Lippman et laisse-moi me charger des choses de la vraie vie, d'accord ?

Il s'est empourpré, mais je n'ai éprouvé aucun remord envers ce misérable maître-chanteur.

Cette nuit-là, au lit, j'avais trop de soucis en tête (le problème Rob Wilkins) pour penser à mon... petit talent, si vous voyez ce que je veux dire. Au regard de mes soucis personnels, l'affaire des enfants disparus revêtait peu d'importance.

Perspective qui a, bien sûr, complètement changé dès le lendemain.

10

Le matin suivant, Rosemary avait une drôle de voix, au téléphone. Peut-être parce que j'avais demandé à lui parler spécifiquement. Après une brève attente, elle avait pris le combiné.

— Salut ! C'est moi, Jess.

— Bonjour, Jess. Comment vas-tu, chérie ?

Elle ne paraissait pas aussi excitée que la veille.

— Bien. J'ai de nouvelles adresses pour vous.

Là encore, elle n'a pas semblé très pressée de les noter.

— J'imagine que tu n'as pas lu le journal, ma belle ?

— L'article sur la récompense ? ai-je précisé en grattouillant l'insulte que quelqu'un avait gravée sur l'échangeur de monnaie de la cabine que j'utilisais. Si, je l'ai vu. Je trouve ça nul, d'accepter de l'argent pour quelque chose que toute personne décente devrait faire gratuitement. Vous pigez ?

— Oh, je suis bien d'accord. Mais ce n'est pas ça que j'avais en tête. Je pensais à la fillette à propos de laquelle tu nous as contactés, hier. Celle de l'arbre.

D'un œil de lynx, je surveillais les alentours, bien décidée à ne pas me laisser coincer par la mère Pitt, cette fois. Pour l'instant, RAS. Juste une voiture noire qui venait de se garer sur le parking des profs. Deux mecs en costume en sont sortis. Des flics en civil. Visiblement, quelqu'un du lycée avait été mouchardé.

— Ouais, je me rappelle. Bizarre, d'ailleurs. Qu'est-ce qu'elle fabriquait près de cet arbre ?

— Pas à côté, chérie, dessous. Morte. Elle a été assassinée et enterrée à l'endroit que tu as mentionné. (Pause.) Chérie ? Jess ? Tu es là ?

— Oui, oui, je suis là.

Morte ? La petite machine-chose ? Assassinée ?

Le jeu n'était plus drôle, là.

Plus du tout même car, soudain, j'ai constaté que les flics venaient vers moi. J'avais cru – logique ! – qu'ils se rendaient dans les bureaux. En réalité, ils fonçaient droit sur moi. Et ils n'étaient plus très loin. Ils avaient des cheveux très courts et arboraient un costume strict[1]. L'un d'eux a porté la main à la poche intérieure de son veston, il en a tiré un petit porte-

1. Tenue traditionnelle des agents du FBI.

feuille qu'il a ouvert d'un revers du poignet et m'a tendu.

— Bonjour ! a-t-il lancé d'une voix enjôleuse. Je suis l'Agent Spécial Chet Davies, et voici mon équipier l'Agent Spécial Allan Johnson. Nous sommes du FBI et nous aimerions vous poser quelques questions, Jess. Seriez-vous assez gentille pour raccrocher ce téléphone et nous accompagner, s'il vous plaît ?

Dans mon oreille, j'ai entendu Rosemary s'excuser.

— Jess, ma chérie, je suis désolée, je ne voulais pas m'en mêler, ils m'y ont forcée.

L'Agent Spécial Chet Davies m'a saisie par le bras.

— Allez, poulette, par ici la sortie. Raccrochez !

J'ignore ce qui m'a prise. Encore aujourd'hui, je ne sais pas. Mais au lieu d'obéir au mec, je l'ai frappé de toutes mes forces avec le combiné.

Puis je me suis sauvée.

Oh, je ne suis pas allée très loin. Parce que, une fois que j'ai eu commencé à courir, j'ai compris la stupidité de ma réaction. J'allais où, comme ça ? Sans voiture, je comptais effectuer combien de kilomètres ? Il s'agissait du FBI, bon sang, pas des deux flics de notre bled qui sont si gras qu'ils n'arriveraient même pas à rattraper une vache. Alors une fille de seize ans qui gagne le deux cents mètres depuis la sixième, pensez !

Sans vouloir vous offenser, les gars.

Je devais être en pleine crise de folie, il n'y a pas

d'autre explication. Et quand je suis en pleine crise de folie, je finis toujours au même endroit, en général. Bref, j'ai décidé de sauter l'étape course-poursuite et de filer là où j'avais toutes les chances de terminer : dans le bureau des CE. Je m'y suis ruée, j'ai ouvert la porte de Goodheart à la volée et je me suis affalée sur la chaise en vinyle orange près de la fenêtre.

Goodheart était en train de s'enfiler un friand au fromage.

— Jess ? m'a-t-il lancé par-dessus son en-cas. Quelle bonne surprise ! Raconte-moi un peu ce qui t'amène ici avec tant d'entrain et de si bon matin.

— Deux gars du FBI viennent de tenter de me fourrer dans leur bagnole pour m'interroger, ai-je expliqué, quelque peu haletante. J'en ai assommé un, alors j'ai préféré venir ici.

Goodheart s'est emparé de sa tasse – décorée d'un Snoopy – et a bu une gorgée de café.

— Bien, reprenons, Jess, a-t-il continué. Moi, je dis : « Raconte-moi un peu ce qui t'amène ici avec tant d'entrain et de si bon matin. », et toi, tu réponds : « Oh, je ne sais pas, monsieur Goodheart. J'ai eu une brusque envie de passer discuter de mes derniers résultats, une fois encore catastrophiques, en littérature et voir si vous pouvez m'aider à persuader Mlle Kovax de ne pas me sacquer à l'examen de fin d'année. »

À cet instant, la secrétaire des CE, Helen, est apparue sur le seuil, l'air décontenancé.

— Paul ? Il y a ici deux messieurs qui...

Elle n'a pas eu le temps de terminer, car l'Agent Spécial Chet Davies l'a écartée du chemin. Il pressait un mouchoir contre son nez qui pissait le sang et me vrillait d'un regard noir.

— Un coup plutôt sournois, a-t-il susurré d'une voix nasillarde, ce qui n'avait rien de surprenant, dans la mesure où j'avais dû saccager pas mal de cartilage. Malheureusement, attaquer un agent relève du droit pénal, jeune fille. Allez, ouste, debout ! On part en balade.

Je n'ai pas bronché. Au moment où l'Agent Spécial Davies tendait le bras pour m'attraper, Goodheart est intervenu.

— Excusez-moi.

C'est tout. « Excusez-moi. »

Pourtant, l'Agent Spécial Davies a retiré sa main aussi vite que s'il s'était brûlé à mon contact. Puis il a jeté un coup d'œil très coupable au CE avant de sortir son insigne.

— Agent Spécial Chet Davies, s'est-il présenté. J'emmène cette demoiselle pour l'interroger.

Sans se démonter, Goodheart a repris son friand, a mordu dedans, l'a reposé, et a répondu :

— Pas sans ses parents. Elle est mineure.

C'est là qu'est intervenu le coéquipier de l'Agent

Spécial Davies. Il a brandi son badge, s'est présenté à son tour – Agent Spécial Allan Johnson –, et a lancé :

— Monsieur, je ne sais pas si vous êtes au courant, mais cette jeune fille est recherchée pour interrogatoire en vue d'éclaircir plusieurs cas d'enlèvements d'enfants et un meurtre.

Goodheart m'a dévisagée avec des yeux ronds.

— Eh bien, Jess, a-t-il murmuré, tu ne t'es pas ennuyée, ces derniers temps, dis-moi ?

C'est d'une voix rauque (je n'avais jamais été aussi près des larmes, soudain) que je me suis justifiée.

— Je téléphonais tranquillement quand ces deux types que je n'ai jamais rencontrés m'ont ordonné de les suivre. Ma mère m'a interdit de monter en voiture avec des inconnus. Ils affirment être du FBI, ils agitent des cartes dans tous les sens, mais comment suis-je censée deviner que c'est vrai ? Je n'ai jamais vu d'insigne du FBI de ma vie, moi ! Il a bien fallu que je me défende. Oh, monsieur Goodheart ! Je crois que je vais pleurer.

— Voilà qui te ne te ressemble guère, Jess, s'est-il moqué gentiment. Tu n'as quand même pas pris ces deux clowns au sérieux ?

— Si, ai-je répondu avec un vrai sanglot Je ne veux pas aller en prison, Monsieur Goodheart.

Et je suis au regret d'avouer que, à ce stade-là, je

n'étais plus sur le point de pleurer. Je *pleurais*. Pratiquement comme un veau.

Mollo ! Vous aussi, vous auriez eu les jetons, si le FBI s'en était pris à vous.

Tandis que je reniflais et essuyais mes yeux tout en maudissant intérieurement Ruth pour avoir déclenché tout ce bazar, Goodheart a contemplé les types du FBI et leur a lancé d'une voix qui n'était plus du tout narquoise :

— Vous deux, allez donc vous asseoir à côté. Jess n'ira nulle part sans ses parents et leur avocat.

Il ne rigolait pas, et une vague d'affection insoupçonnée m'a submergée. Il distribuait peut-être les colles comme des petits pains, il n'en reste pas moins qu'il assurait en cas de besoin. Les mecs ont eu l'air de le comprendre eux aussi. L'Agent Spécial Davies a juré tout fort, ce qui a semblé embarrasser son collègue.

— Nous n'avions pas l'intention de vous effrayer, mademoiselle, a marmonné ce dernier. Il s'agit seulement de quelques questions. Nous devrions pouvoir trouver une pièce tranquille pour régler cette histoire.

— Aucun souci, a confirmé Goodheart. Une fois que ses parents seront ici.

L'Agent Spécial Johnson savait reconnaître quand il avait perdu. Hochant le menton, il est sorti dans la salle d'attente où il s'est mis à feuilleter un exemplaire de *Jeune et jolie*. L'Agent Spécial Davies, lui, a lâché un deuxième gros mot et s'est mis à arpenter le couloir sous les yeux nerveux d'Helen. Quant à Goodheart, il était parfaitement détendu et s'est autorisé une deuxième gorgée de café avant de décrocher le téléphone.

— Bon, on appelle qui, Jess ? Ta mère ou ton père ?

— M-m-mon père, ai-je balbutié entre deux reniflements. S'il vous plaît.

Il a donc joint *Mastriani*, où mon paternel travaillait ce matin-là. Dans la mesure où le lycée n'avait jamais convoqué mes parents malgré les innombrables bagarres dans lesquelles j'avais été impliquée, l'angoisse était perceptible dans la voix de mon père, quand il a demandé à Goodheart si j'allais bien. Mon CE préféré l'a rassuré tout en lui conseillant d'avertir son avocat s'il en avait un. Dieu soit loué, mon père a raccroché en promettant d'être là dans les cinq minutes. Il n'a même pas jugé bon d'exiger des explications.

Sa mission accomplie, Goodheart a attrapé quelques-uns des mouchoirs qu'il prend toujours soin d'avoir pour les nuls qui envahissent son bureau afin de chialer toute la sainte journée à propos de leur famille mal aimante ou autre. J'étais désormais une de ces nouilles, ai-je songé en me mouchant avec dépit.

— Allez, a-t-il enchaîné. Raconte.

Après un coup d'œil anxieux en direction des

mecs du FBI pour m'assurer qu'ils ne m'entendaient pas, je me suis exécutée. Je ne lui ai rien caché, de la foudre qui m'avait frappée jusqu'à ce matin-là, lorsque l'Agent Spécial Davies avait brandi son insigne. La seule chose que j'ai tue, c'est Rob. Le CE n'avait pas besoin d'être au courant.

Le temps que j'en termine, mon père était arrivé avec notre avocat, lequel se trouve être le père de Ruth, M. Abramovitz. L'Agent Spécial Davies avait mis à profit cette pause pour se ressaisir et il a fait mine de rien – comme s'il n'avait pas essayé de m'attraper, comme si je ne lui avais pas écrabouillé le pif.

Oh que non ! Rien de tel. C'est en vrai pro qu'il a expliqué à mon père et à M. Abramowitz que le FBI s'intéressait beaucoup à la personne qui contactait l'Organisation Fédérale pour les Enfants Disparus de la cabine où ils m'avaient coincée. Apparemment, au 0800-TEOULA, ils étaient équipés d'appareils capables d'identifier la provenance de leurs appels. Rosemary avait donc su, dès le début, que je téléphonais de l'Indiana. Il leur avait suffi de réduire leurs investigations à cet État, puis de me prendre la main dans le sac.

Et, *voilà*[1] (aurait dit ma mère) ! Ils me tenaient.

Naturellement, la question maintenant était : qu'allaient-ils faire de moi ? À ma connaissance, je

1. En français dans le texte.

n'avais enfreint aucune loi. Excepté lorsque j'avais fracassé le nez d'un agent fédéral. Ledit agent ne paraissait cependant pas trop pressé de remettre le sujet sur le tapis.

Le charivari – le FBI, un père et un avocat chez les CE – avait attiré le principal, M. Feeney, hors de son antre. Feeney quitte rarement son bureau, sauf pour assister parfois aux assemblées générales du lycée, histoire de nous rappeler qu'entre boire et conduire il faut choisir. Il nous a proposé d'utiliser sa salle de réunion perso. Une fois les sept protagonistes installés (mon père, celui de Ruth, les deux Agents Spéciaux, Goodheart, Feeney et moi), j'ai répété mon histoire.

Le devoir m'oblige à avouer que, mon récit dévidé, ils ont eu l'air plutôt... sceptiques. Je reconnais que j'avais moi-même du mal à me croire. Car enfin, comment cela s'était-il produit ? Comment expliquer que, chaque matin au réveil, je sache autant de choses au sujet de ces mômes disparus ? D'accord, c'était sans doute lié à mon foudroiement. Mais de quelle façon cela fonctionnait-il ? Et pourquoi ?

Personne n'avait de réponse. Et, à mon humble avis, personne n'en aurait jamais.

Malheureusement, j'ai vite constaté que l'Agent Spécial Johnson n'était pas prêt à se satisfaire de doutes. Il m'a posé des milliards de questions, dont certaines très bizarres. Si j'avais saigné des paumes et des pieds, par exemple. J'ai marmonné que non en le dévisageant comme s'il était dingue.

— Si tout cela est vrai... a-t-il commenté, une fois ses ressources inquisitrices épuisées, nous...

— Comment ça, *si tout cela est vrai* ? s'est insurgé mon père.

Joe Mastriani n'est pas particulièrement réputé pour son aptitude à contrôler ses humeurs. Non qu'il se fâche souvent, c'est même assez rare. Mais quand il commence, mieux vaut courir aux abris. Un jour, à la piscine, un mec s'est amusé à suivre Douglas en le traitant de débile – mon frère avait dans les dix, douze ans, à l'époque, et le gars une vingtaine d'années au moins. Lui-même n'avait d'ailleurs pas inventé l'eau chaude. Ça n'a pas empêché mon père de se le choper, de le dérouiller et de lui enfoncer la tête sous la flotte jusqu'à ce que le maître-nageur intervienne.

Il a vraiment été super.

— Comment ça, *si* ? a-t-il répété. Douteriez-vous de la parole de ma fille, par hasard ?

L'Agent Spécial Johnson avait beau n'avoir sûrement pas eu vent de l'incident de la piscine, il s'est piqué une de ces frousses, les amis ! Il était évident que mon père était très fier de moi. Non seulement, je n'avais pas pleuré en exposant de nouveau ma version des faits mais, par-dessus le marché, je m'étais drôlement bien débrouillée, sur ce coup-là. Après tout, j'avais retrouvé un tas de gamins disparus. Dont une morte. Certes. Mais sans moi, on ne l'aurait jamais découverte. Quand on pense que mon père avait un fils schizophrène et un autre totalement asocial en dépit de sa prochaine entrée à Harvard, il devait être sacrément content que sa fille soit dégourdie, non ?

L'Agent Spécial Johnson a levé la main pour calmer le jeu.

— Ne vous méprenez pas. Je ne mets absolument pas en doute ce que nous a raconté Mlle Mastriani. Je dis juste que, si tout est vrai, nous avons devant nous une jeune demoiselle très particulière. Qui, par conséquent, mérite un traitement tout aussi particulier.

J'ai cru qu'il envisageait une parade triomphale à New York avec cotillons et tout le toutim, comme celle à laquelle ont eu droit les Yankees quand ils ont remporté le championnat national de base-ball. Défiler sur un char ne m'aurait pas dérangée. À condition qu'il ne se traîne pas trop.

En revanche, mon paternel a tout de suite soupçonné qu'il s'agissait d'autre chose.

— Quel genre de traitement ?

— Eh bien, d'ordinaire, en pareilles circonstances... euh... Je me permets de vous rappeler que le FBI a le plus grand respect pour les personnes qui, comme Mlle Mastriani, ont des dons de perception extrasensorielle. D'ailleurs, nous en consultons souvent, quand nous sommes dans une impasse notamment.

— J'en suis certain. Quel rapport avec Jess ?

— Voilà. Nous aimerions, avec votre permission bien sûr, installer Mlle Mastriani dans l'une de nos sections de recherches afin d'en apprendre plus sur ses talents stupéfiants.

M'est aussitôt revenu un de mes films d'enfance préférés, *La Montagne ensorcelée*[1]. Si vous l'avez vu, vous vous souvenez que les héros, dotés eux aussi de télesthésie – c'est ainsi que l'Agent Spécial Johnson nommait la perception extrasensorielle – sont envoyés dans une de ces sections où, bien que leur chambre soit équipée de sa propre fontaine à limonade (détail qui m'avait fort impressionnée dans la mesure où ma mère m'interdisait d'absorber quoi que ce soit en dehors de la cuisine, de peur que je ne tache la moquette), ils sont retenus prisonniers. Je me suis bruyamment raclé la gorge pour attirer l'attention, puisque tout le monde semblait m'ignorer.

— Je vous remercie, ai-je lancé quand les têtes se sont tournées vers moi, mais c'est non.

Goodheart, qui visiblement ne connaissait pas *La Montagne ensorcelée*, a protesté.

---

1. Film de John Hough (1975), dans lequel deux orphelins aux pouvoirs surnaturels sillonnent les États-Unis pour échapper à des malfaiteurs et retrouvent peu à peu la mémoire de leur passé.

— Voyons, Jess, une seconde. Écoutons ce que l'Agent Spécial Johnson a à dire. Ce n'est pas tous les jours qu'on rencontre quelqu'un doué de tes pouvoirs métapsychiques. Il est essentiel de chercher à comprendre ce qui t'est arrivé et la façon extraordinaire dont fonctionne le cerveau humain.

Interloquée, je l'ai fusillé du regard. Quel traître !

— Je ne mettrai le pied dans aucune section de recherche de Washington D.C., ai-je assené d'une voix qui a fait trembler les murs de la salle de réunion de Feeney.

— Oh, mais celle-ci est située ici, dans l'Indiana, a immédiatement contre-attaqué l'Agent Spécial Johnson. À une heure de voiture à peine, au sein de la base militaire de Crane. Nous pourrons y observer le formidable don de Mlle Mastriani, et elle nous aidera sûrement à mettre la main sur d'autres disparus. Ce matin, vous avez appelé l'OFED parce que vous aviez localisé de nouveaux enfants, n'est-ce pas ?

— Oui, ai-je admis de mauvaise grâce. Mais vous ne m'avez pas laissé le loisir de les renseigner et, maintenant, j'ai tout oublié.

Ce qui était un gros mensonge. Comprenez-moi : j'étais de très méchante humeur. Je refusais d'aller à la base militaire de Crane. Ou ailleurs, du reste. Je voulais rester où j'étais. Je voulais me rendre en retenue après les cours et m'asseoir près de Rob. Sinon, quand le reverrais-je, hein ?

Je devais aussi m'occuper du problème Karen Sue Hanky. Une fois de plus, elle m'avait lancé un défi, et j'allais être obligée de la renvoyer dans ses buts d'un bon coup de pied aux fesses. C'était ça, mon vrai talent. Pas ces trucs bizarres qui s'étaient produits ces derniers jours.

— Énormément de gens disparaissent dans le monde, mademoiselle Mastriani, insistait l'Agent Spécial Johnson, beaucoup plus que ceux dont la photo figure sur le dos des cartons de lait. Avec votre concours, nous pourrions retrouver des prisonniers de guerre disparus depuis vingt, voire trente ans, et mettre un terme à la souffrance de leurs familles. Nous pourrions localiser des pères indignes et les obliger à régler les pensions alimentaires qui ont tant manqué à leur progéniture. Nous pourrions traquer d'atroces tucurs en série et les attraper avant qu'ils ne récidivent. Le FBI récompense de façon non négligeable toute information lui permettant d'arrêter les individus faisant l'objet d'un mandat d'arrêt.

Cet aspect des choses a soudain ranimé l'attention de mon père. Moi-même, je me suis surprise à tendre l'oreille. Un peu. Ce serait tellement génial de rendre des êtres aimés à leurs familles affligées ou de choper les vilains afin qu'ils reçoivent le châtiment qu'ils méritent.

Cependant, je ne voyais toujours pas en quoi il était indispensable d'opérer à partir d'une base militaire. J'ai donc posé la question.

— En outre, ai-je ajouté, il y a le risque que ça ne marche pas. Et si je n'arrivais à localiser les gens qu'à partir de mon lit ? Pourquoi m'obliger à aller à Crane au lieu de me laisser agir de chez moi ?

Les Agents Spéciaux Johnson et Davies se sont regardés. Les autres les ont regardés aussi, l'air de trouver mon objection parfaitement raisonnable.

— Ce serait envisageable, Jessica, a fini par admettre l'Agent Spécial Johnson. (Il ne m'a pas échappé qu'il avait cessé de m'appeler mademoiselle Mastriani.) Mais nos enquêteurs aimeraient beaucoup pratiquer certains examens. Et comme votre soudain talent semble résulter d'un foudroiement, il me semble que vous auriez intérêt à vous y soumettre. Nous avons, par le passé, découvert que, dans des cas similaires, des organes vitaux avaient subi des dommages, indétectables durant des mois avant que...

— Avant que quoi ? a lancé mon père en se penchant en avant.

— Eh bien, souvent, les personnes en question sont mortes brutalement. Paf ! D'une crise cardiaque. La foudre est très nocive pour le cœur, monsieur Mastriani. Parfois, il s'agit d'une embolie, d'un anévrisme... D'innombrables complications sont susceptibles de surgir. Un examen médical complet...

— ...pourrait parfaitement être pratiqué ici, l'ai-je interrompu, quelque peu contrariée par ce que je venais d'entendre. Il y a le Dr Hinkle.

Notre médecin de famille, que je connaissais depuis toujours. D'accord, il n'avait pas diagnostiqué la schizophrénie de Douglas, la confondant avec une forme d'hyperactivité, mais bon, personne n'est parfait.

— Certes, a admis l'Agent Spécial Johnson. Cependant, un généraliste est rarement formé à détecter les subtiles modifications qui s'opèrent dans un organisme ayant été agressé comme le vôtre l'a été.

— Parlons un peu de ces récompenses, est tout à coup intervenu Feeney.

Je l'ai toisé. Quel enfoiré – excusez mon langage. Voilà qu'il essayait de trouver une façon de mettre le grappin sur l'argent du FBI. Histoire sans doute d'aménager une nouvelle vitrine dans le hall, afin d'y exposer nos coupes débiles remportées à des championnats débiles. Bon sang, ce que je déteste le bahut !

Quoi qu'il en soit, ça a été la goutte de trop. J'en avais ma claque. Je me suis levée en repoussant mon siège – drôlement plus confortable que n'importe quelle chaise de classe, il avait des roues et était composé d'une espèce de matériau luxueux dans lequel on s'enfonçait, sûrement pas du vrai cuir, sinon

Feeney aurait eu des ennuis avec le conseil d'administration du lycée pour ses dépenses somptuaires.

— Très bien, ai-je décrété, si vous ne m'arrêtez pas, j'aimerais rentrer à la maison.

— Nous n'en avons pas terminé, Jess, a riposté l'Agent Spécial Johnson.

C'est alors qu'un événement extraordinaire s'est produit : ma lèvre inférieure s'est mise à trembloter (je crois que j'étais encore sous le choc, tant j'avais eu peur de finir en taule). S'en apercevant, mon père s'est levé à son tour et a déclaré :

— Si. Vous avez suffisamment intimidé ma fille pour aujourd'hui. Je la ramène à sa mère. Viens, Jess.

Les Agents Spéciaux Johnson et Davies ont échangé un coup d'œil amer. Ils n'appréciaient guère que je leur échappe. Cependant, mon père, une main sur mon épaule, m'entraînait déjà, ramassant au passage mon sac et ma flûte. De son côté, celui de Ruth a sorti de sa poche des cartes de visite qu'il a lancées sur la table de conférence.

— Si vous avez besoin de contacter les Mastriani, messieurs, a-t-il dit aux agents, faites-le par l'intermédiaire de mon bureau. Bonne journée.

Bien qu'apparemment très déçu, l'Agent Spécial Johnson s'est borné à me demander de l'appeler à l'instant où je changerais d'avis quant à la base militaire de Crane. Puis il m'a tendu sa propre carte. En quittant la salle de conférences, l'Agent Spécial

Davies a formé un pistolet avec son index et son pouce et a fait mine de me descendre. Un peu alarmant, si l'on se rappelle que ses narines étaient couvertes de sang séché et qu'un hématome violacé commençait à se dessiner sur l'arête de son nez...

Feeney n'a pas trop pinaillé pour m'accorder un jour de liberté. Il n'a pas mentionné non plus mes heures de retenue – j'ai compris par la suite qu'il n'était même pas au courant. D'une façon générale, les élèves ne sont pas son souci premier. Quant à Goodheart, pour lequel c'est le contraire, il n'a rien dit non plus. Sans doute parce que je l'avais supplié depuis longtemps de ne pas ennuyer mes parents avec ces broutilles, déjà qu'ils devaient surmonter la maladie de Douglas et tout le bataclan. Il a tenu parole, ce qui ne l'a pas empêché de me conseiller de repenser à Crane. J'ai promis, mais je n'avais nullement l'intention de respecter cette promesse.

Mon père m'a ramenée chez nous en voiture. Sur le chemin, nous nous sommes arrêtés chez *Wendy*, et il m'a acheté une glace. Une petite blague entre nous : il avait pris cette habitude à l'époque où il devait venir me chercher quotidiennement à l'hôpital de jour où l'on me soignait pour une brûlure au troisième degré sur le mollet que je m'étais infligée avec le pot d'échappement de la moto du voisin. Le Dr Feingold, un neurologue, s'était offert une formidable Harley-Davidson vert menthe pour son cinquantième anniversaire et, toute petite, je le suppliais de m'emmener en balade. Il acceptait souvent, sans doute pour que je lui lâche les baskets. Il m'avait mise en garde un milliard de fois à propos du pot d'échappement mais, un jour, j'avais oublié toute prudence, et vlan ! brûlure au troisième degré de la taille d'un poing. J'ai encore la cicatrice, bien que l'équipe médicale ait agi au mieux, chaque jour pendant trois mois, afin de réparer les dégâts.

Les soins avaient été largement pires que la blessure elle-même. Je m'évanouissais à tous les coups. Alors, pour me rasséréner, mon père m'emmenait chez *Wendy*. Ce jour-là, donc, même si ça ne vous paraît pas grand-chose à vous, le geste était terriblement émouvant. C'était la réaffirmation du lien qui nous avait unis alors. Goodheart s'en serait léché les babines.

Passons. En route, mon paternel a accepté de n'avertir que ma mère – je l'ai obligé à prêter serment – et, de mon côté, j'ai juré de ne plus rien lui cacher. Pour autant, je ne lui ai pas parlé de Rob : après tout, le FBI n'en savait rien non plus, je ne risquais donc pas d'être arrêtée pour ça.

Et puis, la réaction de ma mère si elle venait à découvrir l'existence de Rob m'inquiétait bien plus que celle que l'histoire des gosses disparus allait déclencher.

11

Au bout du compte, il s'est révélé que ce n'est pas de mon père que j'aurais dû exiger le silence, mais de Feeney.

J'ignore s'il a cru que vendre la mèche serait un moyen d'accaparer les récompenses du FBI ou de distinguer son bahut des autres lycées de l'Indiana – comme j'avais été foudroyée sous les gradins de son stade, ça donnait un caractère un peu spécial à Ernest-Pyle. Quoi qu'il en soit, lorsque le quotidien local a été livré devant notre porte cet après-midi-là (il paraît à quinze heures et non à sept pour permettre aux journalistes de faire grasse matinée), un portrait géant de moi s'affichait à la une : la photo pour le moins flatteuse de l'annuaire des Secondes, celle pour laquelle ma mère m'avait obligée à porter une de ses robes hideuses. Dessous, une légende disait :

TOUCHÉE PAR LE DOIGT DE DIEU.

Ai-je mentionné que notre ville compte plus d'églises que de fast-foods ? Le sud de l'Indiana est drôlement bigot.

Bref, l'article s'attardait sur la manière dont j'avais sauvé ces enfants après que Dieu ait daigné s'intéresser à moi (avec son doigt, ce que nous autres laïques appelons un éclair), avant de préciser que je n'étais qu'une lycéenne ordinaire qui jouait de la flûte dans l'orchestre du bahut (mon rang de troisième était précisé) et aidait son père le week-end (ses restaurants étaient listés). J'ai vite deviné que ces détails ne pouvaient provenir de Feeney, dans la mesure où il ne me connaissait pas très bien. J'en ai conclu que Goodheart devait avoir apporté sa petite contribution.

Et croyez-moi, ça m'a fait du mal. Il avait beau avoir tu nos soucis avec Douglas et mes heures de colle, il ne s'était néanmoins pas gêné pour étaler tout le reste. Les CE ne sont-ils donc pas soumis à une sorte de confidentialité ? Ne risquent-ils pas d'être condamnés s'ils divulguent les secrets qu'on leur a confiés ?

Quand mon père à joint M. Abramowitz, ce dernier lui a cependant expliqué que nous ne pouvions prouver que le conseiller d'éducation était responsable des fuites. Certes, elles venaient du lycée, mais qui était en mesure d'affirmer avec certitude qu'il s'agissait de Goodheart ? Malgré tout, le père de Ruth a lancé des poursuites contre Ernest-Pyle en prenant pour prétexte qu'ils avaient donné ma photo au journal. D'après lui, il s'agissait d'une violation de la vie privée. Il semblait enchanté. Après tout, il n'a pas souvent l'occasion de traiter des affaires intéressantes – pour l'essentiel, il s'occupe de divorces.

Ma mère aussi a paru ravie. Ne me demandez pas pourquoi. Toujours est-il que l'histoire l'a emballée : elle était aux anges. Elle voulait que je tienne une conférence de presse dans la salle à manger principale de *Mastriani*. Elle ne cessait de souligner combien cela rapporterait d'argent au restaurant, puisqu'il faudrait bien nourrir la meute d'envoyés spéciaux qui n'allaient pas manquer de s'abattre sur la ville. Elle a même entrepris de rassembler des patrons afin de choisir la tenue que je mettrais pour l'occasion. Elle est devenue complètement dingue, je vous assure. Moi qui avais cru qu'elle grimperait aux rideaux, avec sa foi absolue en « la famille normale ». En réalité, elle a jeté aux orties tous ses principes dès qu'elle a eu vent des récompenses.

— Combien ? a-t-elle tout de suite demandé. Combien par enfant ?

Nous étions en train de dîner, des *fettucine* à la crème de champignons.

— Il ne s'agit pas de ça, Toni, a protesté mon père.

L'important, c'est que Jess n'a que seize ans, et que je ne tiens pas à ce qu'elle soit exposée aux médias aussi jeune...

— Sottises ! a décrété ma mère. C'est dix mille dollars par gosse, ou celle-là était à part ?

— Toni...

— Joe, personne ne crache sur dix mille dollars. Ça nous permettrait d'acheter une nouvelle table chauffante pour *Petit Joe*, et...

— Nous obtiendrons cet argent par les canaux habituels : nous emprunterons.

— Pas quand nous devons déjà nous endetter pour payer les études de Michael.

Mike, dont la seule réaction à l'annonce de mon récent talent médiumnique avait été de me demander si je savais où se planquait le mec en turban bleu dont Nostradamus avait prédit qu'il déclencherait la troisième guerre mondiale, a levé les yeux au ciel.

— Inutile de prendre cet air-là, jeune insolent ! l'a aussitôt enguirlandé ma mère. Harvard te propose une bourse très généreuse. Elle ne suffira cependant pas à...

— Surtout si Douglas retourne à l'université d'État, a précisé mon père en sauçant son assiette.

En plein dans le mille ! Il n'en a pas fallu plus pour que ma mère laisse tomber ses couverts avec fracas.

— Douglas ne retournera pas dans cette université ! a-t-elle tonné. Moi vivante, jamais !

— Toni, a soupiré mon père qui paraissait épuisé, ce garçon doit suivre des études. Il ne peut passer sa vie à lire des BD dans sa chambre. Les gens commencent déjà à l'appeler Boo Radley.

Mes cours de littérature m'avaient appris que Boo Radley est un personnage de *Ne tirez pas sur l'oiseau moqueur*[1], un type qui ne sort jamais de chez lui, tuant le temps en découpant des articles de journaux, le genre d'occupation à laquelle on s'adonnait à cette époque, avant l'invention de la télévision. Heureusement que Douglas avait refusé de descendre dîner avec nous, car il aurait pu s'offenser. Pour un type qui a tenté de se suicider, il supporte plutôt mal qu'on le traite de zarbi.

— Pourquoi pas ? a rétorqué ma mère. Pourquoi ne passerait-il pas sa vie dans sa chambre ? Si c'est ce dont il a envie, pourquoi l'en empêcher ?

— Parce qu'on ne fait pas ce qu'on veut, dans l'existence. Par exemple, je n'aspire qu'à une seule chose, paresser au jardin, dans un hamac toute la sainte journée. Jess rêve d'écumer le pays à cheval sur une bécane. Et Mikey... (Il a contemplé mon frère qui

1. *To Kill a Mockingbird* : unique roman de l'écrivain Lee Harper (née en 1926), paru en 1960, récompensé par le prestigieux pris Pullitzer en 1961, adapté au cinéma en 1962, un des livres les plus célèbres de la littérature américaine contemporaine, qui raconte l'histoire d'un avocat commis d'office essayant de défendre un Noir accusé d'avoir violé une Blanche dans les années de la Grande Dépression (1930) et se heurtant aux préjugés raciaux de son époque. La narratrice est la fille de l'avocat.

était en train de se bâfrer.) Eh bien, je ne sais pas ce que Mikey veut...

— Se taper Claire Lippman, ai-je suggéré, ce qui m'a valu un bon coup de pied sous la table.

— Peu importe, a poursuivi mon père avec un regard noir à mon adresse, ça n'arrivera pas. Personne ne vit en obéissant à ses seuls désirs, Toni. Les gens ont des obligations. Et celle de Douglas est de retourner à la fac.

Pas mécontente d'échapper, pour une fois, au carnage, je me suis excusée et j'ai débarrassé mon assiette. Je n'avais pas encore eu l'occasion de m'entretenir avec Ruth depuis le matin. J'avais hâte d'avoir son opinion sur toute l'affaire. Ce n'est pas tous les jours que votre meilleure amie est en première page de la feuille de chou locale.

Hélas, cette légitime curiosité a dû attendre : j'avais à peine mis le pied dehors, prête à sauter la haie séparant nos deux jardins, que je suis tombée sur ce qui ressemblait bien à une horde de reporters. Ils encombraient la rue, brandissant des appareils photo et des micros.

— C'est elle ! a crié quelqu'un.

J'ai reconnu une célèbre présentatrice de JT. Elle a titubé sur notre pelouse, embarrassée par ses talons aiguille qui s'enfonçaient dans la terre.

— Jessica ! Jessica ! Quel effet cela vous fait-il d'être une héroïne nationale ?

Pantoise, j'ai fixé le micro ébouriffé qu'elle me fourrait dans les narines, bientôt rejoint par un millier d'autres, d'ailleurs. Les questions fusaient de toutes parts. La conférence de presse dont rêvait ma mère était en train d'avoir lieu, sauf que j'étais en T-shirt et jean, et que je n'avais même pas pris la peine de me coiffer.

— Euh...

Telle a été ma fulgurante déclaration aux médias. Puis mon père a surgi comme un diable à mon côté et m'a ramenée au galop à l'intérieur tout en braillant aux journalistes de décamper de sa propriété. Sans résultat. Enfin, jusqu'à ce que les flics débarquent. Nous avons alors pu constater l'efficacité des innombrables repas gratuits dont mon paternel avait régalé les forces de l'ordre. Vous auriez vu la sainte colère qu'ils ont piquée quand ils ont tourné dans Lumley Lane et n'ont pas trouvé une place où se garer, tant il y avait de camions de la télé qui encombraient le voisinage ! Notre bled connaît si peu d'activité criminelle que, lorsqu'il arrive quelque chose, nos hommes en bleu mettent vraiment le paquet pour choper le coupable.

En découvrant cette masse de journaleux sur notre gazon, ils sont devenus dingues. D'une manière différente de celle de ma mère, cependant. Ils ont bipé le commissariat et, la minute d'après, ils sortaient la grosse artillerie : tenues de combat, chiens, et grenades lacrymogènes – leurs plus beaux joujoux. Rien, ils n'avaient rien oublié. Par-dessus le marché, ils avaient l'air de vouloir s'en servir contre les reporters, dont certains étaient des grosses pointures de chaînes importantes.

J'avoue avoir été impressionnée. Mike et moi avons assisté au spectacle de la fenêtre en mansarde de ma chambre. Il s'est même connecté à l'Internet pour mener une recherche sur mon nom. Déjà, deux cent soixante-dix sites mentionnaient Jessica Mastriani. Personne ne s'était amusé à surimposer mon visage sur un modèle nu de *Playboy*, mais ce n'était qu'une question de temps, dixit Mike.

Puis le téléphone a sonné.

D'abord, ça a été les journalistes qui faisaient le pied de grue dehors et appelaient de leurs portables. Ils voulaient que je sorte leur lire une déclaration. Juste une. Ensuite, ils me laisseraient tranquille, promis juré. Mon père leur a raccroché au nez.

Ont suivi des tas d'inconnus qui n'appartenaient pas à la presse et demandaient si j'étais disponible pour les aider à retrouver un parent, un enfant, un mari, un père disparus. D'abord, mon père leur a gentiment expliqué que ça ne fonctionnait pas ainsi, qu'il fallait que je voie au préalable une photo de celui qui manquait à l'appel. Quand ils se sont mis à suggérer d'en expédier une par fax ou par mail, certains allant jusqu'à proposer de rappliquer sur-le-champ, il a fini par débrancher l'appareil.

J'étais célèbre. Ou prisonnière dans ma propre maison. Comme vous préférez.

Avec tout ça, je n'avais toujours pas contacté Ruth, et ça me manquait. Vu que je ne pouvais ni sortir ni téléphoner, j'ai dû me rabattre sur la messagerie instantanée de l'ordinateur de Michael. Pris d'une soudaine pitié pour moi, il m'y a autorisée. En dépit de ma blague sur Claire Lippman.

En revanche, Ruth m'en voulait à mort, elle.

Ruth : Pourquoi ne m'as-tu rien dit, saleté ?
Moi : Je n'en ai parlé à personne, d'accord ? C'était trop bizarre.
Ruth : Ne suis-je pas censée être ta meilleure amie ?
Moi : Tu l'es.
Ruth : Mon œil ! Je parie que tu as mis Rob Wilkins au courant.
Moi : Je te jure que non.
Ruth : À d'autres ! Tu aurais caché tes pouvoirs surnaturels au mec avec qui tu fricotes ? Comme si j'allais te croire !
Moi : Et d'une, je ne fricote pas avec Rob Wilkins. Et de deux, tu penses sincèrement que je tenais à ce que tout le monde le sache ? C'est carrément flippant. Tu me connais, je n'aime pas me distinguer.

Ruth : N'empêche. Ne rien me confier est une vraie vacherie. Te rends-tu compte que des gens du lycée ont téléphoné pour me demander si j'étais au parfum, et que j'ai été obligée de mentir pour sauver la face ? Tu es la pire meilleure amie que j'aie jamais connue.
Moi : Je suis la *seule* que tu aies jamais eue, plutôt. Et tu n'as aucun droit d'être en colère. Tout est ta faute, figure-toi, c'est toi qui m'as obligée à marcher sous la tempête.

Ruth : À quoi vas-tu dépenser le fric ? Tu sais, j'aurais bien besoin d'un autoradio neuf. Et Skip te fait dire qu'il veut le dernier *Tomb Raider*.
Moi : Transmets à Skip que je ne lui achèterai rien tant qu'il ne m'aura pas présenté d'excuses pour avoir ficelé ma Barbie à ce pétard, il y a cinq ans.
Ruth : J'ai l'impression que ni l'une ni l'autre n'allons pouvoir aller au lycée demain. La rue est complètement bondée. On croirait une scène de *L'Aube rouge*[1].

Là, Ruth n'avait pas franchement tort. Entre les flics qui formaient un écran de protection devant notre maison et ceux qui avaient organisé le blocus de l'allée, on aurait cru que les Russes allaient débarquer. Quiconque souhaiter emprunter la rue devait

1. Film d'action de 1984 signé John Millius (le réalisateur de *Conan le Barbare*), dans lequel deux adolescents organisent la résistance, suite à l'invasion des États-Unis par les forces soviétiques et leurs alliés.

montrer une pièce d'identité prouvant qu'il habitait le quartier. C'est ainsi que, si Rob avait voulu passer devant chez nous sur son Indian – sans le faire exprès naturellement, disons qu'il se serait trompé de route, par exemple – il en aurait été empêché par les flics.

Je me suis forcée à ne pas en être affectée. J'ai répété à Ruth que, si je ne lui avais pas parlé, je n'avais parlé à personne non plus. Ça a paru la calmer un peu, notamment quand je l'ai autorisée à dire à qui bon lui semblait qu'elle était déjà au courant – je m'en fichais complètement. Elle m'a quittée de très bonne humeur, et j'imagine qu'elle s'est empressée ensuite de contacter Untel ou Unetelle, et toutes les autres idoles minables du bahut dont elle recherche sans cesse l'amitié, pour des raisons qui m'échappent totalement.

Sortant ma flûte, je me suis exercée un moment mais, à la vérité, le cœur n'y était pas. Pas parce que j'étais obnubilée par mes capacités extrasensorielles. Par pitié, ça, ça aurait eu du sens, au moins !

Non. En dépit des multiples interdictions que je lui avais imposées, mon esprit ne cessait de revenir sournoisement à Rob. S'était-il demandé où j'étais, lorsque je ne m'étais pas montrée en retenue ? S'il tentait de téléphoner, il n'arriverait pas à me joindre, puisque mon père avait coupé la ligne. Or il avait forcément lu le journal, non ? En toute logique, maintenant qu'il savait que j'avais été touchée par le doigt de Dieu, il mourait sûrement d'envie de discuter avec moi, n'est-ce pas ?

En toute logique. Sauf que la logique devait avoir déserté son cerveau de Cul-Terreux, parce que j'ai eu beau tendre l'oreille, je n'ai pas entendu le moindre ronronnement d'Indian.

Et si vous voulez mon avis, ce n'est pas parce que les flics lui ont ordonné de déguerpir. Mon avis, c'est qu'il n'a même pas essayé, le maudit !

Ça, c'est de l'amour non réciproque, ou je ne m'y connais pas ! Qu'est-ce qui ne tourne pas rond, chez les mecs ?

12

Lorsque je me suis réveillée, le lendemain, j'étais légèrement bougonne. À cause de Rob, qui préférait éviter la prison plutôt que de passer du temps en ma compagnie. Puis je me suis souvenue que je n'avais plus besoin de me cacher pour appeler le 0800-TEOULA, et ça m'a un peu rassérénée. Bon sang, c'était génial ! Plus la peine de s'embêter à chercher une cabine, je pouvais téléphoner de chez moi. Donc, sitôt debout, j'ai rebranché l'appareil et j'ai composé le numéro.

J'ai demandé à parler à Rosemary.

— C'est Jess ? a lancé la fille qui avait décroché.

— Oui.

— Un instant.

Sauf que, au lieu de me mettre en ligne avec

Rosemary, elle m'a branchée sur son chef, cette nouille de Larry.

— Jessica ! s'est-il écrié. Quel plaisir ! As-tu de nouvelles adresses pour nous, aujourd'hui ? Nous avons été coupés, hier, et je...

— Je suis au courant, Larry. Merci d'avoir alerté les Fédéraux, d'ailleurs. Et maintenant, passez-moi Rosemary ou je coupe.

Ma tirade a eu le don de le désarçonner.

— Euh... mais... Jess. Notre but n'était pas de te créer des ennuis. Tu dois comprendre que, dans un cas comme le tien, nous sommes dans l'obligation de mener une enquête et...

— Je comprends très bien, Larry. Et maintenant, je veux Rosemary.

Malgré toute une série de bruits indignés, il a fini par obtempérer. Rosemary semblait sincèrement désolée.

— Oh, Jess, je suis navrée, chérie ! J'aurais tellement voulu pouvoir te prévenir. Malheureusement, ils repèrent d'où on nous appelle, comme tu sais, et...

— Ce n'est pas grave, Rosemary. Il n'y a pas mort d'homme. Et puis quelle fille ne rêve pas d'avoir une équipe de NBC sur sa pelouse, hein ?

— Au moins, tu es capable d'en plaisanter. Je ne suis pas sûre que j'y arriverais, à ta place.

— Ça leur passera avant que ça me reprenne. (Et à l'époque, je le pensais vraiment.) Bon, j'ai des renseignements sur les deux enfants d'hier et les deux d'aujourd'hui. Alors, si vous êtes prête...

Elle l'était. Après avoir noté tout ce que j'avais à lui apprendre, elle m'a remerciée et a raccroché. Moi aussi. J'ai entrepris de me préparer pour le lycée.

Plus facile à dire qu'à faire, bien sûr. Dehors, le cirque avait recommencé. Il y avait encore plus de camions que la veille, dont certains équipés d'antennes paraboliques gigantesques. Des journalistes s'agglutinaient autour, et lorsque j'ai allumé la télé, j'ai eu l'impression de pénétrer dans un univers vaguement surréaliste : sur presque toutes les chaînes, on voyait ma maison et, planté devant, un individu y allant de son petit couplet. « Vous apercevez derrière moi cette pittoresque demeure de l'Indiana, une maison qui a été déclarée monument historique par les autorités locales compétentes, mais qui a atteint une notoriété internationale, car elle est le foyer de Jessica Mastriani, cette héroïne dont les extraordinaires pouvoirs de télesthésie ont permis de retrouver une demi-douzaine d'enfants portés disparus... »

Les flics étaient là, eux aussi. Quand je suis descendue, ma mère leur apportait une deuxième fournée de café et de croquants aux amandes. Ils les engloutissaient presque aussi vite qu'elle les leur distribuait.

Sans oublier que, naturellement, une minute à

peine après que j'ai eu raccroché, le téléphone était reparti à sonner. Mon père avait pris la communication. À l'autre bout du fil, quelqu'un avait demandé à me parler mais refusait de se présenter, alors il avait de nouveau débranché l'appareil.

En un mot, c'était une véritable pétaudière.

Cependant, aucun d'entre nous ne s'est rendu compte de l'ampleur des choses, jusqu'à ce que Douglas déboule dans la cuisine, une expression des plus bizarres sur la tronche.

— Ils me cherchent, a-t-il annoncé.

J'ai failli avaler mes corn flakes de travers. Parce que lorsque Douglas se met à dire « Ils », c'est qu'il est en plein incident. Mon père a lui aussi tout de suite compris que quelque chose n'allait pas. Posant son café, il a dévisagé mon frère avec inquiétude. Seule ma mère ne s'est aperçue de rien, trop occupée à placer des biscuits sur une assiette.

— Cesse de raconter des bêtises, Dougie, a-t-elle chantonné. C'est Jessica qui les intéresse, pas toi.

— Non, a-t-il répondu en secouant la tête. C'est moi, leur proie. Vous avez remarqué ces antennes paraboliques sur les camions ? Ils scannent mes ondes. Ils utilisent ces antennes pour examiner mon cerveau.

J'ai lâché ma cuiller.

— As-tu pris tes médicaments, hier, Doug ? a gentiment demandé mon père.

— Vous ne voyez donc rien ? s'est énervé Douglas qui, rapide comme l'éclair, a arraché les biscuits de la main de ma mère et a envoyé valser l'assiette sur le carrelage. Vous êtes aveugles ou quoi ? C'est moi, qu'ils traquent. *Moi !*

Mon père a bondi sur ses pieds et l'a ceinturé. Repoussant mon bol de céréales, je me suis levée.

— Il vaut mieux que je parte, ai-je lancé. Si ça se trouve, ils me suivront.

— Fonce ! a acquiescé mon père.

Attrapant mon sac et ma flûte, j'ai décampé.

Pour me suivre, ils m'ont suivie ! Ou plutôt, ils ont suivi Ruth, qui avait réussi (je ne sais comment) à convaincre les flics de la laisser sortir de son allée pour se garer dans la mienne. J'ai sauté sur le siège avant, et nous avons déguerpi. Si je ne m'étais pas autant inquiétée pour Douglas, je me serais bien amusée à observer tous ces journalistes grimper au triple galop dans leurs camions pour nous filer le train. Mais j'étais soucieuse. Douglas avait paru se rétablir si vite. Que s'était-il passé ?

— Admets que ça fait beaucoup à digérer d'un seul coup, m'a dit Ruth à qui j'avais posé la question.

— Beaucoup de quoi ?

— Eh bien... de ça ! a-t-elle répondu en fixant son rétroviseur intérieur.

Je me suis retournée. Nous avions droit à une escorte de police, des motards nous encadrant afin d'empêcher l'essaim de camions des médias de nous coller aux fesses d'un peu trop près. Ces derniers étaient beaucoup plus nombreux que je l'avais d'abord estimé. Et ils se rapprochaient. Sortir de la voiture risquait de ne pas être très drôle.

— Ils ne les autoriseront sans doute pas à pénétrer dans l'enceinte du lycée, ai-je marmotté, pleine d'espoir.

— Rêve, ma vieille ! Feeney va les accueillir avec une grande banderole.

— Et si je leur parlais ?

C'est ainsi que, juste avant le début des cours, je me suis plantée devant les marches du bahut afin de satisfaire la curiosité de reporters que j'avais vus à la télé toute ma vie. « Non, ça n'a pas fait mal. Mais je vibrais de partout. » « Oui, j'estime que le gouvernement devrait déployer plus d'efforts pour retrouver ces enfants. » « Non, je ne sais pas où est Elvis. »

Exactement comme l'avait deviné Ruth, Feeney était là, entouré par son petit groupe de journalistes bien à lui. Avec Goodheart, ils m'ont encadrée pendant que je discutais avec la presse. Le CE paraissait mal à l'aise, alors que Feeney, très clairement, prenait son pied. Il répétait à qui voulait l'entendre que Ernest-Pyle avait remporté le championnat de basket en 1977. Non mais je vous jure, comme si ça intéressait quelqu'un !

Soudain, au beau milieu de cette conférence de

presse improvisée, il s'est produit quelque chose. Quelque chose qui a tout changé, plus encore que la bascule amorcée par l'épisode de Douglas.

— Mademoiselle Mastriani, a crié l'un des reporters, ne vous sentez-vous pas un peu coupable depuis que Sean Patrick O'Hanahan a déclaré que, si sa mère l'avait enlevé il y a cinq ans, c'était dans le but de le protéger d'un père maltraitant ?

J'ai eu un passage à vide, tout à coup. Malgré la belle journée de printemps et la température qui frôlait déjà les vingt-deux degrés, j'ai frissonné.

— Pardon ? ai-je lancé en cherchant des yeux celui qui venait de s'exprimer.

— Non seulement, a continué la voix anonyme, révéler aux autorités où Sean se cachait a mis sa vie en danger, mais sa mère risque une condamnation sévère pour kidnapping. Votre réaction ?

Brusquement, la mer de visages qui s'étalait devant moi s'est effacée au profit d'un seul visage. Je ne saurais dire si je l'ai vraiment vu, ou s'il s'agissait d'une simple projection mentale. Mais il était là, ce visage, celui de Sean, identique à celui que j'avais découvert ce jour-là, devant la maisonnette de brique, à Paoli. Un petit visage, blanc comme un linge, dont les taches de rousseur ressortaient, tels des boutons d'urticaire. Ses doigts accrochés à moi et tremblant comme des feuilles. « Tais-toi ! Ne dis à personne que tu m'as vu, compris ? » Il m'avait conjuré de garder le silence. Il s'était accroché à moi et m'avait suppliée. Or, j'avais parlé. Parce que j'avais cru – en toute sincérité – qu'il était retenu contre sa volonté par des gens dont il avait une frousse bleue. Tout dans son comportement avait montré qu'il avait peur.

Et il avait eu effectivement peur.

De *moi*.

J'avais vraiment eu le sentiment d'agir comme il le fallait. Et je m'étais trompée. Je m'étais complètement fourvoyée.

Les journalistes continuaient de hurler leurs questions dans ma direction. Je les entendais, mais j'avais l'impression qu'ils étaient très loin de moi.

— Jessica ? Tu te sens mal, Jessica ?

Goodheart me dévisageait.

« Je ne suis pas Sean Patrick O'Hanahan, m'avait-il dit ce jour-là devant sa maison. Alors, va-t'en ! Va-t'en ! »

« Va-t'en et ne reviens jamais. »

— Bon, a déclaré Goodheart en passant un bras autour de mes épaules et en m'entraînant à l'intérieur du lycée, ça suffit pour aujourd'hui.

— Attendez ! ai-je objecté. Qui a parlé ? Qui vient de mentionner Sean ?

Malheureusement, dès qu'ils avaient constaté que je m'en allais, les journalistes avaient commencé à brailler tous en même temps, et je n'ai pas réussi à identifier celui qui m'avait interrogée sur Sean.

— C'est vrai ? ai-je demandé à Goodheart.

— Quoi donc ?

— Ce que le reporter raconte à propos de Sean Patrick O'Hanahan.

Mes lèvres étaient engourdies, comme si je sortais de chez le dentiste après une injection de novocaïne.

— Aucune idée, Jessica.

— Sa mère va vraiment être condamnée ?

— Je l'ignore. Mais si c'est le cas, ce n'est pas ta faute.

— Qu'en savez-vous ?

Il m'emmenait en classe. Pour une fois, j'étais en retard, et tout le monde s'en fichait.

— Aucun tribunal de ce pays ne confierait la garde d'un enfant à un parent violent. La mère a probablement conditionné son fils pour qu'il accuse son père de le maltraiter.

— Qu'en savez-vous ? ai-je répété. Qui sait ? Comment suis-je censée savoir, moi, que révéler où se trouvent ces gamins est ce qu'il y a de mieux pour eux ? Certains ne désirent peut-être pas qu'on les retrouve. Comment puis-je faire la différence ?

— C'est impossible, Jess. Tu dois te contenter d'espérer que, si quelqu'un les aime assez pour signaler leur disparition, il mérite d'apprendre ce qu'ils sont devenus. Tu ne penses pas ?

Non. C'était bien le problème, d'ailleurs. Je n'avais pas pensé. Je n'avais réfléchi à rien. Une fois que j'avais eu vérifié la véracité de mon rêve – Sean Patrick O'Hanahan était vivant et habitait dans cette maisonnette en brique de Paoli –, j'avais agi sans plus me poser la moindre question.

Et maintenant, par ma faute, un môme avait encore plus d'ennuis que moi.

J'avais été touchée par le doigt de Dieu. Ouais !

Je me demandais bien lequel, tiens !

13

Il n'y a pas eu que de mauvaises nouvelles.

Les bonnes, c'est que j'ai été exemptée de mes heures de retenue.

Ça vous en bouche un coin, hein ? Une fille se découvre des pouvoirs médiumniques – paf ! elle échappe à ses colles. Je me suis vaguement interrogée sur la réaction de l'entraîneur Albright quand il l'apprendrait. La correction que j'avais infligée à son plaqueur préféré allait rester impunie. Un vrai coup bas !

J'ai eu beau consacrer l'essentiel de mon temps à battre ma coulpe au sujet de Sean Patrick O'Hanahan, j'ai quand même réussi à penser une ou deux fois à Mlle Clemmings et aux W. Comment allait-elle s'en sortir avec Hank et Greg sans moi ? Et

Rob ? Lui manquerais-je ? S'apercevrait-il seulement de mon absence ?

J'ai eu la réponse à l'heure du déjeuner. Ruth et moi nous dirigions vers nos casiers quand, soudain, elle m'a donné un coup de coude dans les côtes, si violent que je me suis à moitié pliée en deux.

— Tu as décidé de te lancer dans l'ablation de ma rate ou quoi ? ai-je rouspété.

Elle a tendu le doigt. J'ai tourné la tête, j'ai compris.

Debout près de mon casier, Rob Wilkins m'attendait.

Sans prendre la peine de cacher sa trouille, Ruth a opéré une retraite immédiate. Carrant les épaules, j'ai continué d'avancer. Aucune raison d'être nerveuse. Rob et moi étions juste des amis. Il avait été suffisamment clair là-dessus.

— Salut !

— Salut !

Je me suis penchée pour taper mon code. Vingt et un – l'âge que j'aurais voulu avoir ; seize – l'âge que j'avais ; trente-cinq – l'âge que j'aurais avant que Rob Wilkins ne me juge assez mûre pour sortir avec lui.

— Alors, a-t-il repris, tu avais l'intention de me mettre au courant un jour ?

— En vérité, je ne comptais en parler à personne, ai-je répondu en prenant mon livre de géométrie.

— C'est bien ce que je pensais. Et le môme ?

— Lequel ?

Mais je savais. Oh, comme je savais !

— Celui de Paoli. C'était le premier ?

— Oui.

J'ai eu envie de pleurer, brusquement. Sérieux. Or, je ne pleure jamais. Enfin, sauf quand des agents du FBI veulent m'embarquer.

— Tu aurais pu m'avertir, a-t-il continué.

— En effet. Tu m'aurais crue ?

— Oui, très certainement.

À mon avis, il était sincère. Ou alors, je souhaitais qu'il le soit. Il semblait tellement... je ne sais pas... gentil, j'imagine. Il n'avait aucun livre, aucun cahier, juste cet éternel bouquin de poche dépassant de son pantalon, ce jean lustré à force d'avoir été porté, usé à des endroits comme les genoux et d'autres, encore plus intéressants.

Il avait un T-shirt vert sombre à manches longues, qu'il avait relevées sur ses avant-bras bronzés par toutes ses balades en moto, et...

Plus nulle que moi, y a pas, non ?

J'ai claqué la porte de mon casier.

— Bon, il faut que j'y aille, ai-je dit en décampant.

— Jess !

Je me suis retournée.

« J'ai changé d'avis. » Voilà ce qu'il allait m'annoncer. Du moins, j'ai croisé les doigts pour que ce soit ça. « J'ai changé d'avis. Veux-tu être ma cavalière au bal de fin d'année ? » En fait, j'ai eu droit à tout autre chose.

— Je suis au courant. Pour le gamin. Sean.

Il paraissait gêné, comme s'il n'avait pas eu l'habitude de tenir ce genre de conversation au beau milieu des couloirs du lycée, sous l'éclairage artificiel des néons. Pourtant, il a eu le courage de continuer.

— Ce n'est pas ta faute, Jess. Son comportement, ce jour-là, devant sa maison... J'ai trouvé qu'il était bizarre, moi aussi. Tu ne pouvais pas deviner. C'est tout.

Il a hoché la tête, plutôt content d'avoir réussi à exprimer ce qu'il avait sur le cœur.

— Tu as agi comme il le fallait, a-t-il conclu.

Je me suis secouée, car des larmes commençaient à me picoter les yeux. Flûte ! J'étais là, entourée par un bon million de personnes, à essayer de ne pas pleurer devant ce type pour lequel j'avais le béguin. Vous connaissez situation plus humiliante, vous ?

— Non, ai-je fini par répondre. Je me suis trompée.

Sur ce, j'ai tourné les talons et me suis éloignée.

Et, cette fois, il n'a pas essayé de me retenir.

Comme je n'étais plus collée, Ruth et moi sommes rentrées ensemble après les cours. Nous avions décidé de répéter toutes les deux un nouveau concerto pour flûte et violoncelle qu'elle avait dégoté.

Moderne certes, mais pourquoi pas ne pas tenter de s'y frotter ?

Cependant, lorsqu'elle a tourné dans Lumley Lane, j'ai tout de suite deviné que quelque chose n'allait pas. Les reporters avaient été cantonnés tout au bout de la rue, massés derrière des barrières de police. En apercevant le cabriolet de Ruth, ils se sont mis à crier en prenant des photos à toute berzingue, toujours maintenus à distance par les flics. Quand Ruth s'est engagée dans notre allée, et que j'ai vu le sang sur le trottoir, j'ai compris pourquoi. Les gouttelettes rouges remontaient jusqu'à notre porche.

— Oh, oh ! a murmuré Ruth qui les avait elle aussi remarquées.

La porte s'est ouverte, et mon père et Mikey sont sortis.

— Ce n'est pas aussi grave que ça en a l'air, m'a aussitôt rassurée p'pa en levant les mains. Cet après-midi, Dougie a attaqué un des journalistes qui tentait d'interviewer les voisins. Tous deux vont bien, ne t'en fais pas.

Que mon frère dérouille un reporter aurait pu être rigolo. S'il s'était agi de Mike, ça aurait même été franchement hilarant. Sauf que c'était Doug, et ça perdait tout son sel. Oh que oui !

Ruth a coupé le contact, et nous sommes descendues de voiture. Mon père s'était assis sur les marches du perron, et je l'ai rejoint en prenant grand soin de ne pas regarder – et surtout de ne pas toucher – les éclaboussures sanguinolentes autour de nous. Ruth s'est installée avec Mike sur la balancelle qui a gémi sous leurs poids conjugués. Si mon frangin a eu l'air agacé, Ruth ne s'en est même pas rendu compte.

— Écoute, a repris mon père, ce n'est pas ta faute. Les médias, les camions, la police… ça a été un peu trop pour Dougie. Tout s'est emmêlé dans son esprit. Après que tu es partie, ce matin, nous avons cru que nous avions réussi à le calmer. Nous l'avons forcé à prendre ses médicaments, et il a semblé récupérer. Mais le médecin dit que, parfois, sous l'effet d'une forte tension…

En gémissant, j'ai posé la tête sur mes genoux.

— Bien sûr, que c'est ma faute ! me suis-je écriée. Tout est ma faute. Je n'aurais jamais dû appeler ce crétin de numéro…

— Si, il le fallait. Sinon, les parents de ses mômes se demanderaient encore ce qu'il leur est arrivé.

— Ben voyons ! Et Sean Patrick O'Hanahan n'aurait pas été renvoyé chez son horrible père, sa mère n'aurait pas d'ennuis, et…

— Tu as bien agi, Jess. Tu n'es pas omnisciente, et Douglas va se remettre. Ce serait seulement mieux s'il pouvait s'installer dans un endroit un peu plus serein.

— Où ça ? À l'hôpital ? Doug va devoir retourner

là-bas à cause de moi ? Pas question, p'pa. Ce n'est pas lui, le problème.

J'ai inspiré profondément. L'air était humide et lourd, annonciateur de l'été. Toute la journée, la température avait grimpé, et le soleil de la fin d'après-midi écrasait le porche.

M'écrasait.

— C'est moi, ai-je enchaîné. Si je n'étais pas là, Douglas irait bien.

— Non, chérie.

— Si. Je suis sérieuse. Moi absente, cette meute de vautours ne serait pas là à jeter leurs emballages de bouffe sur notre pelouse, et maman ne cuisinerait pas de croquants vingt-quatre heures sur vingt-quatre et sept jours sur sept. Quant à Douglas, il ne serait pas à l'hosto...

— Que proposes-tu ?

— Tu le sais bien. Je pense que, demain, je ferais mieux d'obéir à cet Agent Spécial Johnson et de me rendre à la base militaire de Crane pour quelques jours.

Ruth et Mike m'ont dévisagée comme si j'étais folle.

— Fais ce qui te semble le mieux, chérie, a murmuré mon paternel après un instant de silence.

— Le mieux, ce n'est pas que notre famille souffre à cause de moi. Or, c'est ce qui est en train de se passer. Si je m'éloignais quelque temps, ce bazar cesserait. La vie reprendrait son cours normal. Doug pourrait revenir à la maison.

— Et avec un peu de chance, Claire rouvrirait ses stores, a soufflé Mike. Les caméras l'ont littéralement affolée.

Lorsque Ruth s'est tournée vers lui pour le toiser, il s'est aperçu de ce qu'il venait de dire et l'a bouclée.

— Je ne crois pas que ce soit une très bonne idée, a objecté Ruth, la seule à ne pas être d'accord, apparemment. Que tu ailles à Crane. C'est même un très mauvais plan.

— Allons, Ruth, ai-je rétorqué, surprise, il ne s'agit que de petits tests...

— À d'autres ! Tu veux jouer les cochons d'Inde ? Crane est une base de *l'armée*, Jess. Ce ne sont pas des enfants de chœur.

— Bon sang, tu es parano ! Tout ira bien.

Elle a pincé les lèvres. J'ignore ce qui lui prenait. Elle avait sans doute trop souvent vu *Nom de code : Nina*. Ou alors, elle n'avait pas très envie d'affronter seule les couloirs d'Ernest-Pyle. À moins qu'elle ait soupçonné quelque chose de pas très catholique, que moi, malgré mes supers pouvoirs divinatoires, je ne sentais pas. Ruth est bien plus fine que la plupart des gens... pour certains trucs, en tout cas.

— Et s'ils te demandaient de retrouver d'autres enfants ? a-t-elle marmonné.

— Évidemment qu'ils vont le lui demander, a

répondu mon père. C'est tout le but de l'opération, justement.

— Mais Jess en a-t-elle envie ?

On prétend que les tests d'intelligence ne mesurent qu'un certain type de savoir. Ceux qui, parmi nous, ne les réussissent pas très bien – moi, par exemple – se consolent en se disant que, certes, Ruth a un QI de 167, mais qu'elle n'y connaît rien en garçons. Et Mike en a un de 153, sauf que, encore une fois, quels atouts possède-t-il quand il s'agit de relations humaines ? Aucun. Cependant, en posant cette question, Ruth démontrait qu'elle avait tout ce qu'il fallait dès lors qu'on en venait à la compréhension d'autrui et à l'empathie. Elle avait tapé en plein où le bât blessait.

Parce qu'il était exclu que je remette le couvert. Pas après Sean. Pas tant qu'on ne m'aurait pas convaincue que les enfants que je retrouvais tenaient réellement à l'être.

Contrairement à Sean.

— Ce dont elle a envie ne compte pas, est intervenu Mike. Elle a, envers la société, l'obligation morale de partager ce... ce machin.

Ruth a aussitôt fait machine arrière. Il était hors de question qu'elle s'oppose aux dictats de son bien-aimé.

— Tu as raison, Michael, a-t-elle acquiescé en battant des cils derrière ses lunettes.

Oubliez ce que je viens d'écrire à propos de ses talents en matière d'empathie.

— Ils ne la forceront à rien, a protesté mon père. Il s'agit du gouvernement américain, que diable ! Les droits constitutionnels de Jess sont garantis. Tout ira bien.

Le plus triste, c'est que, sur le moment, j'ai vraiment cru qu'il avait raison.

Vraiment.

14

Crane, située à environ une heure de route de ma ville, avait fait partie des nombreuses bases militaires que le gouvernement avait fermées dans les années quatre-vingt. Du moins, elle était censée en avoir fait partie. Cependant, pour une raison quelconque, ça ne s'était jamais produit. En tout cas, pas entièrement, en dépit des histoires que le journal local avait rapportées à propos d'employés du coin, types de la maintenance ou cuisiniers, qui avaient perdu leur boulot. Les chasseurs de l'armée qui passaient leur temps à franchir le mur du son au-dessus de nos têtes n'avaient pas disparu, eux, et des gars en uniforme continuaient à fréquenter régulièrement les restaurants de mon père, alors que la base avait soi-disant bouclé ses portes depuis longtemps.

Dans sa période la plus paranoïaque, Douglas

s'était entêté à soutenir que Crane était comme la Zone 51[1]. Cet endroit où l'armée jure ne pas posséder de base, ce qui n'empêche pas les gens d'y apercevoir des éclairs de lumière jusque tard dans la nuit.

Lorsque j'y suis arrivée, rien ne laissait entendre que quiconque s'efforçait de cacher qu'elle était encore ouverte. Et elle n'avait pas l'air négligé non plus. Le lieu était plutôt coquet, pelouses soigneusement tondues, et chaque chose à sa place. Je n'ai pas aperçu de hangars géants dissimulant des vaisseaux spatiaux, quoiqu'ils aient fort bien pu les planquer dans des souterrains, rappelez-vous *Independance Day*.

Tout de suite après m'avoir présentée à sa collègue l'Agent Spécial Smith, laquelle arborait de jolies perles à ses oreilles et paraissait avoir remplacé son ancien équipier, l'Agent Spécial Davies (en congé maladie... houps ! ma faute), l'Agent Spécial Johnson nous a montré, à mon père et à moi, la chambre où je serais logée. Plutôt chouette d'ailleurs, un peu comme à l'hôtel, avec télé, téléphone, et tout le tralala. Pas de fontaine à limonade, ce qui m'a tranquillisée.

Puis l'Agent Spécial Smith nous a conduits dans un autre bâtiment, où nous avons rencontré des mecs

1. Située dans le désert du Nevada, cette zone protégée est soupçonnée d'abriter des secrets bien gardés ; par exemple, des appareils extraterrestres sur lequel le gouvernement américain aurait mis la main.

de l'armée, un colonel qui m'a serré la main trop fort et un lieutenant boutonneux qui n'a pas arrêté de reluquer mon jean comme si c'était des cuissardes. Ensuite, le colonel nous a amenés dans un troisième immeuble, où un tas de toubibs ont paru super excités de me voir et ont affirmé à mon père que j'étais entre les mains des meilleurs. Malgré ces assurances et son envie de regagner ses restaurants, mon père refusait de partir et posait des questions à tout-va. Genre : l'Agent Spécial Smith l'appellerait-elle au cas où j'aurais besoin de quelque chose au beau milieu de la nuit ? Qui veillerait à ce que je mange correctement ? C'était des plus gênants.

Enfin, l'un des médecins, dont le badge disait qu'elle s'appelait Helen Shifton, a décrété que l'équipe était prête, et que je téléphonerais à la maison sitôt que j'aurais regagné ma chambre. Il est devenu si évident qu'ils souhaitaient son départ que mon père s'est exécuté en promettant de revenir me chercher la semaine suivante. D'ici là, nous espérions tous les deux que le cirque déclenché par les gens de la presse se serait calmé, et que je pourrais rentrer chez nous.

Il m'a serrée dans ses bras, en plein devant tout le monde, et a déposé un baiser sur mon front. J'ai joué celle qui n'appréciait guère mais, quand il a eu disparu, je n'ai pu m'empêcher de me sentir un peu...

Effrayée ?

Ce que je n'ai pas confié au Dr Shifton, évidemment. Quand elle m'a demandé si ça allait, j'ai répondu que oui.

Elle n'a pas dû me croire, parce qu'elle et une infirmière m'ont soumise à tout une batterie d'examens, la totale, prise de sang, palpations et autres trucs pas sympas. Elles ont vérifié ma pression artérielle, mon cholestérol, mon cœur, ma gorge, mes oreilles, mes yeux, la plante de mes pieds. Elles ont aussi voulu pratiquer un examen gynécologique, alors je les ai laissées faire. J'ai profité qu'elles inspectaient mon sous-sol pour me renseigner sur la contraception et autres curiosités du même acabit, parce que je risquais d'en avoir besoin un beau jour. Quand j'aurais quarante ans, genre.

Le Dr Shifton a pris ça très bien – je doute que mon médecin de famille aurait été aussi cool –, a répondu à toutes mes questions et a fini par déclarer que tout paraissait normal. Elle a même examiné ma cicatrice, celle que l'éclair avait provoquée, et a affirmé qu'elle semblait pâlir et que, dans quelque temps, elle s'effacerait sans doute complètement.

— Dans ce cas, mes super-pouvoirs s'en iront-ils aussi ?

Je me suis prise à espérer. Je commençais à trouver un peu trop accablantes à mon goût les responsabilités qu'impliquait mon don.

Elle n'en avait aucune idée.

Ensuite, elle m'a invitée à m'allonger dans un grand tube et m'a ordonné de rester parfaitement immobile pendant qu'elle prenait des photos de mon cerveau. J'étais censée ne penser à rien, mais j'ai quand même pensé à Rob. Les clichés devaient être bons cependant, parce que, après, elle m'a ordonné de me rhabiller et s'est esquivée. L'a remplacée un petit bonhomme sans un poil sur le caillou, qui m'a bombardée de questions carrément barbantes, comme mes rêves, ma vie sexuelle et j'en passe. Bien que ma vie sexuelle ait montré ces derniers temps – quoique trop brièvement, hélas – des signes encourageants d'amélioration, je n'avais pas grand-chose à lui raconter. Quant à mes songes, ils étaient plutôt ennuyeux, se réduisant pour l'essentiel à un épisode où j'oubliais comment jouer de la flûte juste avant de relever le défi que m'avait lancé Karen Sue Hanky.

Toutefois, quand le gnome au crâne d'œuf s'est mis à m'entreprendre sur Douglas, je me suis un peu énervée. Et d'abord, comment diable le gouvernement américain était-il au courant de la tentative de suicide de mon frère ? En tout cas, lui l'était, et lorsqu'il a commencé à me cuisiner à ce sujet, je l'ai remballé vertement. Ça a semblé éminemment intéresser le nain déplumé, qui a voulu savoir pourquoi.

— Vous ne seriez pas sur la défensive, vous, si un parfait inconnu se mettait à vous harceler de questions à propos de votre frère schizophrène ?

Il a soutenu que non, à moins d'avoir des choses à cacher.

Ce à quoi j'ai rétorqué que la seule chose que j'avais à cacher, c'était mon envie de lui en coller cinq dans le dentier. Il m'a alors demandé si j'étais toujours aussi agressive quand je parlais de ma famille, alors je me suis levée, j'ai quitté son bureau et j'ai informé le Dr Shifton que je voulais rentrer chez moi.

Il ne m'a pas échappé qu'elle était furax après le microbe coiffé en peau de fesse, même si elle ne s'est pas autorisée à le montrer, étant une grande professionnelle, et tout et tout. Elle lui a juste balancé qu'elle estimait que notre conversation avait assez duré. Il s'est tassé sur lui-même en me jetant un regard noir, comme si je lui avais gâché sa journée. Plus tard, le Dr Shifton m'a assuré que je ne devais pas me soucier du chauve riquiqui : ce n'était qu'un freudien, et personne n'avait beaucoup d'estime pour lui.

Après, ç'a été l'heure de déjeuner. L'Agent Spécial Smith m'a emmenée à la cafétéria, qui était située dans un énième bâtiment. La nourriture n'était pas mauvaise, mieux qu'au lycée, même. J'ai pris du poulet rôti et de la purée. J'ai remarqué que le rabougri sans tifs était là, lui aussi. Il a contemplé mon repas et a griffonné quelque chose dans un petit carnet. Je l'ai aussitôt signalé à l'Agent Spécial Smith, qui m'a conseillé de l'ignorer. D'après elle, ce type souffrait sûrement d'un complexe.

Comme il n'y avait personne de mon âge dans les alentours, j'ai mangé avec l'Agent Spécial Smith. J'en ai profité pour me renseigner sur la façon dont on entrait au FBI. Elle a été sympa, n'éludant aucune de mes questions. Elle m'a confié être une experte en tir, même si elle n'avait encore jamais tué personne, bien qu'elle ait tenu en joue des dizaines de personnes. Elle est allée jusqu'à sorti son flingue de son holster pour me le montrer. Il était super, vachement lourd. Je veux le même, mais j'attendrai d'avoir dix-huit ans.

Encore une chose pour laquelle je vais devoir attendre d'avoir dix-huit ans !

Après le repas, le Dr Shifton m'a envoyée dans le bureau d'un autre médecin, et nous avons joué aux cartes pendant une demi-heure parfaitement rasoir. Il tenait les cartes sous son nez, et j'étais supposée lui dire quelle suite elles formaient.

— J'en sais rien, me suis-je insurgée, vous vous arrangez pour que je ne les voie pas !

Apparemment, il fallait que je devine. Je me suis trompée neuf fois sur dix. Le gars à eu beau affirmer que c'était normal, j'ai bien vu qu'il était déçu.

Puis une drôle de dame maigre comme un coucou a essayé de me faire déplacer mentalement des objets. J'ai eu tellement pitié d'elle que je me suis démenée comme une diablesse pour y parvenir. En vain, évidemment. Alors, elle m'a conduite dans une pièce qui ressemblait au labo de langues du bahut, j'ai dû mettre des écouteurs, et j'étais plutôt contente, car je croyais qu'on allait me passer un film. Sauf que le médecin qui gérait ça, un gars hyper nerveux, m'a annoncé qu'il n'y aurait pas de film, juste des photos. Je devais me borner à les regarder.

— Suis-je censée me rappeler à quoi ces gens ressemblent ? Il y aura un questionnaire ?

— Non, pas de questionnaire.

— Dans ce cas, je ne vois pas l'intérêt, ai-je boudé.

Les photos défilaient sur un écran, et j'en avais déjà ma claque. Elles étaient d'une banalité navrante. Que des hommes, en majorité blancs, certains vaguement arabes, quelques Noirs, une pincée d'Asiatiques, un soupçon d'Hispaniques. Pas de noms mentionnés, rien. C'était presque aussi barbant qu'une heure de colle. Les écouteurs déversaient du Mozart en boucle, pas très bien interprété, si je puis me permettre. En tout cas, le flûtiste était nul. Ça manquait de vie, vous voyez ?

Au bout d'un moment, j'ai retiré les écouteurs et j'ai demandé à faire une pause. Le médecin a carrément ventilé et s'est inquiété de savoir si j'avais envie d'aller aux toilettes. J'ai failli lui répondre que je m'ennuyais juste comme un rat mort, mais je ne voulais pas les offenser, lui et son expérience, alors je me suis ravisée et j'ai remis les écouteurs.

Blanc d'âge moyen. Blanc d'âge moyen. Asiatique d'âge moyen. Arabe plutôt craquant, un peu comme ce mec de *La Momie*, mais sans les tatouages faciaux. Blanc d'âge moyen. Blanc d'âge moyen. Qu'est-ce qu'on allait manger, ce soir ? Vieux Blanc. Type ayant une tronche de tueur en série. Blanc d'âge moyen. Blanc d'âge moyen.

Enfin, après ce qui m'a paru durer un an, le Dr Shifton est revenue, m'a félicitée et m'a annoncé que j'avais quartier libre pour le reste de la journée.

Le reste de la journée, c'était un peu vite dit ! Elle était déjà bien entamée, la journée ! Il était quinze heures. À la maison, j'aurais été en retenue. Une vague de nostalgie s'est emparée de moi. Non mais vous y croyez, vous ? Mon heure de colle quotidienne me manquait. Mlle Clemmings, les W... et Rob, bien sûr.

Qui m'est aussitôt sorti de l'esprit, cependant, lorsque l'Agent Spécial Smith s'est enquise de savoir si j'avais emporté un maillot. Figurez-vous que la base était équipée d'une piscine. Comme je n'avais pas de tenue, l'Agent Spécial Smith m'a conduite dans un centre commercial voisin, et je me suis acheté un maillot à tout casser ainsi qu'une PlayStation, avant de retourner nager. Tout ça aux frais de l'État.

Il faisait chaud, et le soleil tapait dur en dépit de l'heure. M'étendant sur une chaise-longue, j'ai observé les autres baigneurs. Pour l'essentiel, des femmes et de jeunes enfants. Les épouses des hommes de la base, sans doute. Quelques gamins parmi les plus âgés jouaient à Marco Polo. Je me suis allongée et j'ai fermé les paupières, jouissant de la brûlure du soleil sur ma peau. C'était agréable, et j'ai commencé à me détendre, pour la première fois ce jour-là. Je me suis dit que peut-être tout irait bien, au bout du compte. L'odeur du chlore, une odeur de propre piquante et plaisante, avivait les sens. Tout finit toujours par s'arranger, non ?

Le bruit des enfants jouant m'emplissait les oreilles.

— Marco !

Suivi d'un plouf.

— Polo !

Un autre plouf.

— Marco !

Plouf.

— Polo !

Plouf. Des rires.

— Marco !

Plouf.

— Polo !

Plouf. Des hurlements. Des éclats de rire hystériques.

J'ai dû m'endormir, parce que j'ai fait un rêve étrange. Je me tenais devant une énorme masse d'eau. Autour de moi, des enfants. Des centaines, des milliers de moutards. Des grands, des petits. Des gros, des maigres. Des Blancs, des Noirs. Toute la palette des gosses imaginable. Soudain, ils se mettaient tous à me crier : « Polo ! » « Polo ! » Plouf. Des cris. « Polo ! » Plouf. Des cris. Moi, pendant ce temps, je nageais dans tous les sens en m'efforçant de les attraper. Sauf que ce n'était pas un jeu. Je n'étais pas Marco. Je ne réussissais à en coincer aucun, ils étaient balayés par des rapides et jetés par-dessus une cascade de soixante mètres de haut. Ils s'écrasaient en bas en hurlant. Horrible !

J'ai continué ainsi de nager à en perdre haleine, repoussant les enfants les uns derrière les autres pour les mettre en sécurité, mais ils étaient aussitôt rattrapés par le courant et engloutis loin de moi. C'était atroce. Les mômes me glissaient entre les doigts pour plonger vers leur mort. Ils ne criaient plus « Polo ! », d'ailleurs. En mourant, ils criaient mon nom.

— Jess ! Jess ! Jessica, réveillez-vous !

J'ai ouvert les yeux. L'Agent Spécial Smith était penchée sur moi. J'étais toujours vautrée sur mon transat, mais quelque chose n'était pas normal. J'étais seule. Les mères et leurs marmots étaient rentrés chez eux. Le soleil était presque couché. Seuls quelques ultimes rayons éclairaient le plancher en bois autour du bassin. Et la température avait brusquement chuté.

— Vous vous êtes endormie, m'a informée l'Agent

Spécial Smith. J'ai l'impression que vous venez d'avoir un drôle de cauchemar. Ça va ?

— Ouais, ai-je répondu en m'asseyant.

Elle m'a tendu mon T-shirt.

— Houlà ! s'est-elle exclamée. Vous avez pris des coups de soleil. Nous aurions dû penser à la crème solaire.

Je me suis inspectée. J'étais écarlate.

— Ça sera bronzé demain, l'ai-je rassurée.

— C'était un sacré rêve, apparemment. Vous souhaitez m'en parler ?

— Pas spécialement.

J'ai regagné ma chambre où j'ai joué de la flûte. Après mes échauffements habituels, je me suis attaquée au morceau avec lequel Karen Sue Hanky avait déclaré vouloir me défier. Il était si facile que je me suis lancée dans des improvisations, ajoutant des trilles ici et là pour le rendre un peu plus jazzy. À la fin, il était difficile de voir que c'était le même air. Ma version était bien meilleure.

Pauvre Karen Sue ! Elle allait rester embourbée à vie au rang de quatrième flûte.

Je nettoyais mon instrument quand on a frappé à la porte.

— Entrez !

Pourvu que ce soit le service en chambre. J'étais affamée.

Pas de pot ! Ce n'était pas ça. C'était le colonel que

j'avais rencontré le matin. Il était accompagné des Agents Spéciaux Smith et Johnson, ainsi que du médecin hypertendu qui m'avait forcée à regarder toutes ces photos de mecs banals. Il était plus nerveux que jamais, j'ignore pourquoi.

— Salut ! ai-je lancé à la cantonade.

Tous mataient ma flûte comme s'il s'était agi d'une mitraillette.

— C'est l'heure de manger ?

— Oui, a répondu l'Agent Spécial Johnson. Il suffit de passer commande.

Autant en profiter pour exiger le fin du fin.

— J'adorerais un Surf and Turf[1].

— Ça marche, a acquiescé le colonel en adressant un signe de tête à l'Agent Spécial Smith.

Cette dernière a sorti son portable, a composé un numéro et a entamé une conversation à voix basse. Nom d'un chien, quel sexisme ! L'Agent Spécial Smith appartenait au FBI, avait brillamment réussi ses études, était une championne de tir, mais c'était elle qui devait s'occuper de commander la bouffe.

Rappelez-moi de ne pas entrer au FBI quand je serai grande.

— Bon, a repris le colonel, j'ai appris que vous aviez fait une sieste, cet après-midi.

J'étais en train de ranger les différentes parties de

1. Plat composé de viande (un steak en général) et de poisson (crevettes, homard).

ma flûte. Quelque chose dans sa voix m'a poussée à lever les yeux vers lui. Comme les types des photos, il était d'âge moyen et blanc. Il avait ce que les livres que nous sommes obligés d'étudier en cours de littérature appellent « des traits burinés », ce qui signifie qu'il paraissait avoir passé son existence au grand air. Pas bronzé comme moi, plutôt brûlé par le soleil et ridé. Plissant les yeux, il a continué :

— Vous n'auriez pas, durant ce petit somme, rêvé par hasard de l'un des hommes dont vous avez vu les portraits aujourd'hui avec le Dr Leonard, mademoiselle Mastriani ?

J'ai sursauté. Que se passait-il ? J'ai tourné la tête vers l'Agent Spécial Smith qui, ayant terminé sa communication, me dévisageait, pleine d'espoir.

— Rappelez-vous, Jessica, vous étiez toute retournée, quand je suis venue vous réveiller.

— Oui, ai-je acquiescé lentement, commençant à piger. Et alors ?

— Alors, j'ai averti le colonel Jenkins, qui se demande seulement si vous avez rêvé de l'un des hommes en photo.

— Non.

— Exactement ce que je pensais, est intervenu le Dr Leonard. Une phase de sommeil paradoxal est nécessaire pour que le phénomène se produise, colonel. Pendant une sieste, on l'atteint rarement.

Le colonel Jenkins m'a toisée en fronçant les sourcils.

— Vous croyez que ce sera pour demain matin, Leonard ? a-t-il grommelé.

Dans son uniforme bardé de médailles, il était drôlement impressionnant. Il avait sûrement participé à de grandes batailles.

— Absolument, colonel, s'est empressé de répondre l'autre avant de s'adresser à moi de sa petite voix nerveuse. Vous avez tendance à ne rêver de ces enfants disparus qu'après une bonne nuit de sommeil, n'est-ce pas, mademoiselle Mastriani ?

— Euh, oui.

— Dans ce cas, nous vérifierons demain matin, colonel.

— Je n'aime pas beaucoup ça, a rétorqué celui-ci, si fort que j'ai sursauté. Smith ?

L'Agent Spécial Smith s'est mise au garde-à-vous.

— Colonel ?

— Apportez les photos pour qu'elle les regarde une nouvelle fois ce soir avant de se coucher. Comme ça, elle les aura bien en tête.

— À vos ordres.

Reprenant son téléphone, elle s'est lancée dans une deuxième conversation inaudible.

— Nous fondons beaucoup d'espoir sur vous, jeune fille, m'a tancée le colonel Jenkins, en me scrutant longuement.

— Ah bon ?

— Oui. Des centaines d'hommes, des traîtres à la nation, échappent à la loi depuis bien trop longtemps. Mais maintenant que nous vous avons, ils vont pouvoir numéroter leurs abattis, n'est-ce pas ?

Ça m'a coupé le sifflet.

— N'est-ce pas ? a-t-il aboyé.

— Oui, colonel ! ai-je crié en tressaillant.

Ce qui a eu l'heur de lui plaire, apparemment. Il est parti, suivi par le Dr Leonard et les Agents Spéciaux Smith et Johnson. Peu après, un type en blouse de cuisinier est venu livrer des scampi de crevettes et un steak parfaitement cuit.

Je vous rassure, je ne suis pas complètement idiote. Il y avait beau ne pas avoir de fontaine à limonade dans ma chambre, je savais désormais à quoi m'en tenir. Le recueil de photos n'a pas tardé à arriver, et je l'ai feuilleté en mangeant, par acquis de conscience. Des traîtres, avait dit le colonel Jenkins. S'agissait-il d'espions ? D'assassins ? Certains avaient de sales bobines, les autres non. Et s'ils n'étaient ni meurtriers ni barbouzes ? S'ils étaient juste des gens qui, comme Sean, s'étaient retrouvés dans des situations délicates malgré eux ? Relevait-il de *ma* responsabilité de les retrouver ?

Je n'en avais aucune idée. Mieux valait que j'en parle à quelqu'un qui saurait.

J'ai donc appelé la maison. C'est ma mère qui a

décroché. Elle m'a appris que l'hôpital avait relâché Dougie, et qu'il allait beaucoup mieux maintenant qu'il avait regagné sa chambre et que « l'excitation était retombée » (sic).

L'excitation en question s'était déplacée à l'extérieur de la base. Les camions des médias s'étaient rués à Crane dès qu'ils avaient su que je m'y rendais. Cela n'a pas empêché ma mère de se lamenter en accusant mon père d'avoir déclenché l'épisode de Doug en l'obligeant à travailler au restaurant. Au bout d'un moment, incapable d'en supporter plus, j'ai fini par craquer.

— Arrête tes conneries, m'man. P'pa n'y est pour rien. C'est ma faute et celle de tous ces journalistes.

Du coup, elle s'en est prise à moi, me reprochant ma grossièreté. Exaspérée, je lui ai raccroché au nez sans avoir pu parler à mon paternel, alors qu'il était la raison de mon coup de fil.

Pour me réconforter, je me suis installée devant mon grand écran, et j'ai zappé. J'ai regardé *Les Simpsons*, puis un film où des mecs décidaient d'améliorer l'apparence d'une fille qui était pourtant très bien avant qu'ils ne posent leurs sales pattes sur elle. Je m'ennuyais tellement – Ruth aurait adoré, à cause de la transformation et tout – que j'ai encore une fois changé de chaîne.

Soudain, je me suis pétrifiée. J'étais tombée sur CNN.

Ils montraient une photo de moi.

Ce n'était pas le cliché ringard du lycée. Un reporter avait dû profiter de mon inattention pour prendre celui-là. Dessus, je riais. Je me suis demandé à propos de quoi. Je ne me rappelais pas m'être beaucoup marrée, ces derniers temps.

Puis un autre portrait a remplacé le mien. Sean. Sean Patrick O'Hanahan, qui ressemblait bien plus au garçon que j'avais rencontré, casquette de baseball avec la visière derrière, taches de rousseur tranchant violemment sur son teint pâle.

J'ai monté le son.

— ...l'ironie, c'est que ce garçonnet semble avoir disparu *de nouveau*, jacassait le journaliste. Les autorités nous ont informés que Sean s'était enfui de chez son père, à Chicago, hier avant l'aube, et qu'il n'avait plus donné signe de vie depuis. D'après nos sources, il serait parti de son plein gré et retournerait à Paoli, Indiana, où sa mère est actuellement emprisonnée, sans possibilité de libération sous caution, pour enlèvement et mise en danger de la vie d'un mineur...

Omondieu ! Ils avaient *arrêté* la mère de Sean. Ils l'avaient emprisonnée ! À cause de *moi*. À cause de ce que *j'avais fait*. Et maintenant, le gamin était en fuite. J'étais responsable. J'avais paressé au bord d'une piscine pendant que Sean était Dieu sait où, affrontant Dieu sait quelles épreuves afin de retrouver sa mère incarcérée. Qu'est-ce que ce morveux comptait faire, une fois à Paoli, nom d'un petit bonhomme ? Aider sa mère à s'évader ?

Par ma faute, ce gamin était seul et désespéré.

Eh bien, ça allait changer, ai-je décidé en éteignant le poste. Jusqu'à présent, il avait peut-être été seul, ce ne serait plus le cas dès le lendemain. Pourquoi ?

Parce que j'allais lui mettre la main dessus.

Ça avait marché une fois, la deuxième serait du gâteau.

Et j'étais bien déterminée à ne plus commettre d'impair.

15

Quand ils sont venus me chercher, le lendemain matin, j'étais déjà partie.

Hé, inutile de piquer une crise ! J'avais laissé un mot. Celui-ci :

À tous ceux que ça intéresse,

J'avais une course à faire. Je rentre dès que possible.

Bien à vous,

Jessica Mastriani.

Je voulais leur éviter de s'inquiéter, vous comprenez.

En fait, je me suis réveillée super tôt ce jour-là, en sachant où était Sean, une fois de plus. Après m'être douchée et habillée, j'ai donc longé le couloir, emprunté une volée de marches et me suis retrouvée dehors. Personne n'a essayé de me retenir. D'ailleurs, il n'y avait pas un chat, sauf dans la cour, où des soldats étaient à l'exercice. Ils ne m'ont prêté aucune attention.

Ce qui me convenait très bien.

La veille, en rentrant de la piscine, j'avais repéré un arrêt de bus tout à côté des logements où vivent les familles des militaires. Je m'y suis rendue et, là non plus, personne ne m'a demandé ce que je fichais là au lieu d'être dans ma chambre. Il est vrai que je n'étais pas prisonnière, après tout. Ceux qui attendaient le bus m'ont appris qu'il se rendait à la ville la plus proche, celle où j'avais acheté mon maillot de bain et ma Play station, et dont je savais, par le plus grand des hasards, qu'elle était dotée d'une gare routière.

J'ai patienté avec tout le monde, et je suis montée dans le minibus quand il a enfin daigné se pointer. Il a franchi en haletant la grille principale de la base et est passé juste sous le nez des camions de la presse, des journalistes et de tout le bataclan. Ainsi que des soldats qui montaient la garde et empêchaient les reporters d'y entrer.

Bref, quitter Crane a été simple comme bonjour.

Le bled voisin n'était pas franchement une métropole, mais j'ai quand même eu un peu de mal à dégoter la gare routière. Il a fallu que j'interroge trois personnes. D'abord, le chauffeur du minibus qui m'a donné des renseignements complètement nuls, puis le môme qui tenait la caisse d'une épicerie de quartier et, finalement, un vieux type assis devant un salon de coiffure. Et si j'ai réussi à la trouver, c'est uniquement parce qu'un car était garé devant.

J'ai acheté mon billet aller-retour – dix-sept dollars – sur l'argent que mon père m'avait laissé. Avant de partir, il m'avait glissé un billet de cent « en cas d'urgence ».

Il s'agissait d'une urgence. En quelque sorte.

Je me suis également offert un petit-déjeuner – deux gaufrettes fourrées au caramel fondant et une canette de soda acquises à un distributeur automatique. Un dollar soixante-quinze d'envolé. Songeant que je risquais de m'ennuyer pendant le trajet, j'ai aussi acheté un livre. Celui-là même qui pointait de la poche de Rob la dernière fois que je l'avais vu. Une façon de nous rapprocher, me suis-je dit. Bon, d'accord, j'avoue. Ce n'est pas vrai. C'était le seul bouquin disponible qui semblait à peu près potable.

Mon car est arrivé à neuf heures. J'étais l'unique passagère. J'en ai profité pour m'asseoir près d'une fenêtre. Avez-vous remarqué que le paysage a toujours l'air mieux quand on le contemple à travers le filtre des carreaux d'un autocar ? Sérieux. Après, quand on en descend, tout redevient éclatant, on voit la crasse et on pense : « Beurk ! »

Enfin, c'est mon avis.

Il nous a fallu plus d'une heure pour gagner Paoli. J'en ai consacré l'essentiel à regarder par la fenêtre.

Mis à part des champs de maïs, il n'y a pas grand-chose à voir, dans l'Indiana. Mais je suis sûre que les autres États sont aussi monotones.

Une fois à destination, je suis entrée dans la gare routière, bien plus vaste que celle du bled situé près de Crane. Elle était équipée de chaises en plastique pour les voyageurs en attente et d'une rangée d'appareils téléphoniques. Ça ne m'a pas empêchée de repérer tout de suite les flics en planque. L'un d'eux était assis près des distributeurs de boissons, l'autre près des toilettes pour hommes. Chaque fois qu'un car rappliquait, ils se levaient et sortaient, comme s'ils allaient accueillir quelqu'un. Puis, comme Sean n'apparaissait pas, ils reprenaient leurs postes respectifs. Je les ai observés pendant une heure environ, je sais donc de quoi je parle. Il y avait aussi une voiture de police banalisée parquée en face de la gare routière, et une autre devant le bowling, quelques mètres plus loin.

À l'heure prévue pour l'arrivée du bus de Sean, j'avais compris qu'il fallait que j'opère une diversion pour éviter au petit fugueur que les flics lui tombent dessus à bras raccourcis avant que j'aie eu le temps de m'entretenir avec lui.

Alors, j'ai flanqué le feu.

Je sais, des gens auraient pu mourir. Mais écoutez, je me suis d'abord assurée que personne n'était dans les parages, et je me suis bornée à craquer une allumette (j'avais trouvé une boîte par terre) et à la jeter dans la poubelle des toilettes pour dames, après avoir vérifié qu'elles étaient désertes. Puis je me suis postée près des cabines de téléphone, comme si j'attendais un appel. Personne ne m'a remarquée. C'est toujours pareil, d'ailleurs. Les filles pas très grandes comme moi n'attirent pas l'attention, si vous voyez ce que je veux dire.

En quelques minutes, une fumée épaisse s'est mise à tourbillonner au-dessus de la poubelle. Une des préposées aux tickets s'en est aperçue et a commencé à brailler :

— Omondieu ! Au feu ! Au feu !

Tout ça en montrant du doigt les toilettes pour dames.

Les autres employées ont complètement perdu la tête. Elles se sont mises à hurler que tout le monde devait évacuer, quelqu'un a crié qu'il fallait appeler les flics. Un des flics en planque a d'ailleurs demandé s'il y avait un extincteur quelque part, tandis que l'autre avait déjà son portable à l'oreille, ordonnant à ceux qui se tenaient dans les voitures banalisées de prévenir les pompiers sur leur radio.

Bref, quand le car de onze heures quinze en provenance d'Indianapolis s'est amené, je suis allée tranquillement à sa rencontre.

Sean a été le cinquième à descendre. Il s'était déguisé. Du moins, il le croyait lorsqu'il s'était teint les cheveux en brun. Ça ne s'invente pas. N'empêche, ses taches de rousseur étaient visibles à trois kilomètres à la ronde. De plus, il arborait toujours sa stupide casquette des Yankees, même s'il avait pris la peine de la rabaisser sur son visage. Mais bon, un môme de douze ans, petit pour son âge, sortant tout seul d'un car au lieu d'être à l'école, c'était sacrément suspect.

Heureusement, mon feu de camp persévérait. Je ne sais pas si vous avez déjà senti une poubelle en plastique brûler, mais je vous garantis que ce n'est pas agréable. Quant à la fumée, elle est sacrément noire. Les passagers du car regardaient la gare routière avec des yeux ronds. Des volutes épaisses et âcres s'en échappaient, à présent. Toutes les préposées aux billets se tenaient sur le trottoir, jacassant à qui mieux mieux de leurs voix perçantes. C'était clairement l'événement le plus excitant qui se produisait à la station de cars de Paoli depuis longtemps. Les flics en planque s'affairaient de tous les côtés, vérifiant que personne n'était resté à l'intérieur. Puis les camions de pompier ont déboulé, toutes sirènes hurlantes.

Pendant ce temps, je me suis approchée de Sean, je l'ai attrapé par le bras, et je lui ai dit : « Continue d'avancer ! » tout en l'entraînant le plus vite possible dans une ruelle latérale.

D'abord, il a tenté de résister, et j'ai eu du mal à

saisir ses protestations à cause du vacarme des sirènes, puis je lui ai braillé dans les oreilles :

— Si tu préfères tomber dans leurs pattes, libre à toi ! Ils ne demandent qu'à te cueillir, tu sais.

Il a dû capter le message, parce qu'il a cessé de se débattre.

Quand il a jugé que nous étions suffisamment éloignés pour qu'on puisse s'entendre, il s'est brutalement dégagé et m'a lancé avec une insolence des plus déplacées :

— Qu'est-ce que tu fiches ici, toi ?

— Je suis en train de te sauver la peau, mon petit vieux. Qu'est-ce que tu t'imaginais, en rappliquant ici ? C'est le premier endroit où tout mec doté d'une once de cervelle te chercherait.

Sous la visière de sa casquette, ses yeux bleus ont lancé des éclairs.

— Ah ouais ? Et j'étais censé aller où ? Ils ont fourré ma mère au violon et dans cette ville, figure-toi. Grâce à ta langue trop bien pendue, d'ailleurs.

— Si tu avais été franc avec moi, ce jour-là, au lieu de te comporter comme un crétin, rien de tout ça ne serait arrivé.

— Et ta sœur ! Si *tu* n'avais pas mouchardé, rien de tout ça ne serait arrivé, oui !

— Mouchardé, moi ?

Ça m'a rendue dingue. Tout le monde n'avait cessé de s'extasier sur mon merveilleux « don », comme quoi c'était un miracle, et bla et bla et bla. Personne ne m'avait traitée de moucharde. Espèce de sale petit morveux ! C'était à se demander pourquoi je perdais mon temps. J'aurais mieux fait de le laisser tomber, tiens !

Sauf que je ne pouvais pas. J'en étais incapable, et je le savais.

J'ai continué à marcher en ronchonnant. La ruelle où nous nous trouvions n'était pas des plus sympas. De chaque côté, des bennes à ordures débordaient de saletés, le sol était jonché de verre brisé. Pis encore, à cinq mètres de là, elle s'achevait sur une rue très passante. Si je voulais éviter que Sean se fasse coincer, j'allais devoir le cacher.

— Et puis, a-t-il repris de sa voix de jeune effronté, si tout mec doté d'une once de cervelle savait que j'allais venir, comment expliques-tu qu'on ne m'ait pas arrêté ?

— Parce que j'étais la seule à connaître ton heure d'arrivée.

— Comment ça ?

Je me suis contentée de lui lancer un regard las.

— Tu as *rêvé* que je serais à bord du car de onze heures quinze en provenance d'Indianapolis ? a-t-il ricané.

— Mollo ! Je n'ai jamais prétendu que mes rêves étaient intéressants.

— Passons. Qu'est-ce que c'était que ce chantier, là-bas ? Tu as dit qu'ils m'attendaient. Qui c'est, ils ?

— Un tas de flics en planque postés dans la gare routière. Ils se doutaient que tu débarquerais ici en car. J'ai été obligée de créer une diversion.

— C'est *toi* qui as mis le feu ? s'est-il écrié, stupéfait.

— Ouais.

Nous avions presque atteint la rue, désormais. Je l'ai retenu par le bras.

— Écoute, il faut qu'on parle. Où pouvons-nous aller, dans le coin ? Un endroit où on passerait... inaperçus.

— Je n'ai pas envie de discuter avec toi.

Cet impudent paraissait sincère, par-dessus le marché !

— Tant pis pour toi. Tu n'as pas le choix. Il n'y a pas d'autres volontaires pour te sortir de la panade.

— Tu te prends pour Wonderwoman, ou quoi ? s'est-il marré.

— Que ça te plaise ou non, bébé, je suis tout ce dont tu disposes.

Ça m'a valu un soupir à fendre l'âme. On commençait à progresser.

Nous avons échoué là où tout un chacun échoue quand il ne sait pas où aller.

Exactement !

Au centre commercial.

Et celui de Paoli n'est pas celui du siècle, croyez-moi ! Il avait bien deux niveaux, mais guère plus d'une vingtaine de boutiques ; quant au coin restauration, il se réduisait à une pizzeria et un débit de jus de fruits. Enfin, on n'allait pas faire la fine bouche, hein ? Comme, en plus, c'était l'heure du déjeuner, nous n'étions pas les seuls jeunes dans les parages. Visiblement, il n'y avait nul autre endroit dans ce bled où se procurer un en-cas, et les lieux grouillaient de lycéens qui tâchaient de mettre à profit leur pause de cinquante minutes pour se coller quelque chose dans le ventre.

J'ai ordonné à Sean de se redresser sur sa chaise, en espérant qu'on le prendrait au moins pour un avorton de Troisième. Et moi, par la même occasion, pour une telle nouille qu'elle en était réduite à sortir avec un morveux.

— Houlà ! me suis-je exclamée en le voyant attaquer sa pizza. Lève le pied. Tu n'as pas mangé depuis ce matin, ou quoi ?

— Deux jours, a-t-il répondu, la bouche pleine.

— Qu'est-ce que tu as dans le citron, bon sang ? Tu n'as pas songé à piquer du fric à ton père avant de mettre les bouts ?

— Juste sa carte de crédit, m'a-t-il annoncé en s'enfilant plusieurs gorgées de Pepsi.

— Très malin. Tout le monde sait combien il est

facile d'acheter un hamburger avec une carte de crédit.

— C'était juste pour payer le ticket de Chicago à ici, s'est-il défendu.

— De mieux en mieux ! C'est donc comme ça que les flics ont appris que tu débarquerais à Paoli. Sans nourriture et sans argent.

— Je n'y ai pas pensé. Et puis, a-t-il ajouté en me lançant un regard difficile à décrire (de reproche, sans doute), j'étais trop inquiet au sujet de ma mère pour avaler quelque chose.

Je l'admets, il m'a coincée, sur ce coup-là. Mon cœur s'est brisé et, pour la centième fois de suite, je me suis mentalement flanqué des claques. Enfin, jusqu'à ce que je voie la taille du morceau de pizza qu'il était en train d'engouffrer.

— Arrête ton char, Ben Hur. Je me suis déjà excusée.

— Même pas vrai !

— Ah bon ? (Ça m'a désarçonnée.) Très bien. Je suis désolée. C'est pourquoi je suis ici. Pour t'aider.

— Dans ce cas, offre-moi une autre pizza, a-t-il riposté en montrant son assiette vide. Et sans artichauts, cette fois.

Je l'ai observé engloutir son deuxième repas. Pour ma part, je me cantonnais à un soda. Je ne peux pas manger à Pizza Hut. Non que ce soit mauvais ni rien. Je suis même sûre que c'est délicieux. Seulement, nous n'avons jamais été autorisés à manger de pizza ailleurs que dans l'un des restaurants familiaux. Mes parents considéreraient ça comme une trahison. C'était *Mastriani* ou rien. Donc, j'étais à la diète. Ah, là là ! Ce n'est pas fastoche d'avoir des parents dans la partie.

— Bon, ai-je repris quand Sean m'a paru assez rassasié pour discuter. Quel était ton plan en venant ici ?

Il m'a toisée avec mépris, n'a pas répondu cependant.

— Génial ! ai-je soupiré. Tu comptais délivrer ta mère ? Et comment tu vas t'y prendre, hein ?

Ses yeux bleus sont devenus noirs.

— Tu as bien réussi, toi, m'a-t-il lancé (et j'ai perçu une pointe d'admiration dans sa voix, réticente mais bien là), quand tu as incendié la gare routière. Je pourrais faire un truc comme ça.

— C'est ça. Et tous les gardiens se précipiteraient dehors en laissant les cellules ouvertes, tu n'aurais plus qu'à te faufiler dans la taule pour en arracher ta mère.

— D'accord, a-t-il fini par reconnaître, je n'ai pas de projet précis. Pas encore. Mais je finirai bien par trouver. Je finis toujours par trouver.

— Bon, je crois que j'en ai un, moi.

— Un quoi ?

— Un plan.

— Nom de Dieu ! a-t-il soupiré en attrapant son gobelet grande taille.

— Surveille ton langage, s'il te plaît.

— Ben t'es gonflée, toi ! Tu t'es entendue parler ?

— C'est faux. Et puis, j'ai seize ans.

Il a levé les yeux au ciel, exaspéré.

— Et ça fait de toi une adulte, c'est ça ? As-tu seulement ton permis de conduire ?

Embarrassée, j'ai joué avec la paille de ma boisson. Ce malappris m'avait coincée une deuxième fois. J'avais pratiqué la conduite accompagnée, naturellement. Malheureusement, et par un hasard inexplicable, j'avais échoué à l'examen. Ce n'était pas ma faute, bien sûr. Un phénomène bizarre semble se produire dès que je prends le volant. On en revient toujours à ce problème de vitesse. Si la rue est déserte, pourquoi devrais-je respecter un petit soixante à l'heure ?

— Pas encore, ai-je répondu. Mais j'y travaille.

— Nom de Dieu ! s'est-il écrié derechef en écrasant ses quarante kilos contre le dossier de la banquette. Tu n'es pas franchement fiable, tu sais ? Tu m'as déjà coulé la baraque une fois, je te signale.

— C'était une erreur. Je me suis excusée. Je t'ai acheté à manger. Je t'ai dit que j'avais un moyen de tout arranger. Qu'est-ce que tu veux de plus ?

— Ce que je veux ? a-t-il soufflé en se penchant pour que les pom-pom girls d'à côté n'entendent pas.

Je veux que tout redevienne comme avant. Avant que tu ne débarques et fiches la pagaille.

— Ah ouais ? Sans vouloir te vexer, laisse-moi te dire que la situation n'était pas des plus mirobolantes. À ton avis, qu'allait-il se produire le jour où un de tes profs, un ami de ta mère, ton chef boy-scout, choisis, verrait ton visage sur le dos d'un pack de lait ? Toi et ta mère aviez l'intention de décamper chaque fois qu'on te reconnaîtrait ? Et ça va durer comme ça jusqu'à ce que tu aies dix-huit ans ? C'est ça, le plan ?

Il m'a dévisagée avec haine.

— Et qu'est-ce qu'on était supposés faire, hein ? a-t-il sifflé. Tu causes, mais tu n'y connais rien. Mon père a des relations. Il s'est arrangé pour que des pressions soient exercées sur le juge. Oh, ce dernier savait très bien quel sale type est mon vieux. Pourtant, il lui a confié ma garde. Ma mère n'avait aucune chance. Alors, ouais, on continuera à fuir. Personne ne peut nous aider.

— Tu te trompes. Je suis là, moi.

Se penchant encore plus en avant, il a craché, très distinctement :

— Tu... ne... sais... même... pas... conduire !

— J'en suis consciente. N'empêche, je suis en mesure de te donner un coup de main. Alors, calmos ! Le père de ma meilleure amie est avocat. C'est un bon. Un jour que j'étais chez eux, je l'ai entendu évoquer le cas d'un gamin qui était allé justice afin d'être émancipé...

— Ce sont des âneries ! s'est-il énervé en repoussant son assiette. Je me demande bien pourquoi je t'écoute.

— Parce que tu n'as pas le choix. Et maintenant...

— Boucle-la, tu veux ? Tu es aussi impuissante que moi.

— Pardon ?

— J'ai vu à la télé qu'ils t'avaient collée dans cette base militaire.

— Et alors ?

— T'es vraiment idiote, hein ? Tu ne connais rien à rien. Je parie que tu ne sais même pas pourquoi tu es là-bas. Je me trompe ?

Je me suis trémoussée, mal à l'aise.

— Complètement ! me suis-je néanmoins rebiffée. Ils pratiquent juste des tests pour comprendre comment j'arrive à deviner ce que sont devenus les gens comme toi. C'est tout.

— Des clous ! Ils t'ont demandé de retrouver d'autres types, hein ?

J'ai repensé aux photos de tous ces gars d'âge moyen, à l'insistance du colonel pour que je les regarde une deuxième fois.

— Admettons...

— Et tu n'as toujours pas pigé ? Tu ne vas aider personne, ma vieille. Tu ne sais rien de ces types qu'ils veulent attraper. Certains fuient peut-être pour de bonnes raisons, comme ma mère et moi. Certains sont peut-être des innocents, même. Et toi, tu vas les servir aux flics sur un plateau d'argent.

Je n'aime pas beaucoup qu'on dénigre les flics, surtout quand le contestataire est quelqu'un d'aussi jeune que Sean l'était. Après tout, ils rendent des services non négligeables à la société pour un salaire de misère et une gloire encore plus mince. J'ai protesté, mais mon ton manquait de conviction, y compris à mes propres oreilles.

— Je suis certaine que le gouvernement américain ne traque que des coupables...

En vérité cependant, Sean ne m'apprenait pas grand-chose. Je m'étais posé les mêmes questions. Mon rêve de la veille m'est soudain revenu. *Marco. Polo. Marco. Polo.* Tous ces enfants, toutes ces voix.

Je n'avais réussi à en rattraper aucun.

— Et *Le Fugitif*, hein ? a réattaqué Sean, le visage blême. Il n'était pas coupable, c'était un manchot, l'assassin. Si ça se trouve, un de ces types est aussi innocent qu'Harrison Ford dans le film. Et toi, tu serais Tommy Lee Jones. T'es vraiment qu'une balance, tu sais, a-t-il ajouté en secouant la tête, écœuré.

Une balance, moi ? J'ai failli tordre le cou à ce petit crétin. Pour le coup, j'ai vraiment regretté de m'être portée à son secours.

Marco.

— Balance n'est même pas le mot, a-t-il repris. Tu sais ce que tu es ? Un dauphin.

Je l'ai contemplé avec des yeux ronds. Qu'est-ce que c'était que ce délire ? Les dauphins étaient des animaux sympathiques et intelligents. S'il essayait de m'insulter, il allait devoir s'y prendre autrement.

— Tu es au courant des expériences du gouvernement ? a-t-il poursuivi sur sa lancée. On a entraîné des dauphins à nager jusqu'à des bateaux et à en frapper la coque de leur nez. Puis la Première Guerre mondiale a éclaté, on leur a attaché des bombes sur le dos et on les a envoyés vers les navires ennemis. Sauf que, cette fois, quand ils ont touché les coques de leur nez, que crois-tu qu'il s'est passé ? Les bombes ont explosé, et les bateaux comme les dauphins ont été réduits à néant. Oh, naturellement, tout le monde te dira que le navire ennemi aurait tué des tas de gens si on ne l'avait pas coulé, que le dauphin a sacrifié sa vie pour une bonne cause, etc. Mais je te parie qu'il n'était pas de cet avis, le dauphin. Ce n'est pas lui qui avait déclaré la guerre. Il n'avait rien à voir là-dedans. Et toi, Jess, tu joues le rôle du dauphin, aujourd'hui. Et ils te feront sauter aussi, tu verras. Ce n'est qu'une question de temps.

Il y avait tant de mépris dans ses yeux que j'ai failli lui en coller une. Mais bon, je me suis bornée à lui retourner son regard aussi sec. J'avoue cependant que son histoire me flanquait la frousse.

Polo.

— Je ne suis pas un dauphin ! me suis-je insurgée.

Je me mordais les doigts d'avoir retrouvé Sean Patrick O'Hanahan, à présent. Et je déplorais carrément lui avoir payé deux pizzas et un Pepsi grande taille. Hélas, plus je réfléchissais, assise dans ce restaurant à côté d'un groupe de pom-pom girls qui rigolaient et sous les haut-parleurs du centre commercial qui déversaient leur mauvaise musique, plus je me rendais compte que j'en étais un, de dauphin. Ou, du moins, que j'avais failli en devenir un. *Je rentre dès que possible.* Voilà ce que je leur avais écrit dans le mot que j'avais laissé le matin même. Avais-je été sincère ? Avais-je réellement cru que je retournerais à Crane ? Ou avais-je inconsciemment voulu dire : « Salut, les mecs, le petit poisson se tire » ?

Marco.

— Écoute, ai-je repris, nous ne sommes pas là pour discuter de mes problèmes mais des tiens.

— Très bien. Que suis-je censé faire ?

— Pour commencer, n'utilise plus la carte de crédit de ton père. Tiens, prends ça. (J'ai sorti de ma poche ce qui restait des cent dollars de mon père et le lui ai tendu.) Et maintenant, nous allons te fourrer dans un taxi.

— Un taxi ?

— Oui. Tu ne peux pas te pointer à la gare routière, et nous devons te sortir de Paoli. Je veux que tu te rendes à mon lycée et que tu demandes à y rencontrer M. Goodheart. Dis-lui que je t'envoie. Il t'aidera. Qu'il appelle M. Abramowitz. Je t'écris tout sur cette serviette, ai-je ajouté en joignant le geste à la parole.

Soudain, il a posé sa paluche sur ma main.

— Qu'est-ce qui te prend ? Lâche-moi, voyons !

Il n'en a pas moins continué à me donner des coups de patte. Qu'est-ce qu'il voulait ? Le stylo ?

— Arrête un peu, me suis-je fâchée en relevant la tête. J'écris aussi vite que...

L'expression de son visage m'a arrêtée net. Il ne me regardait plus. Il regardait derrière moi, en direction de la porte du restaurant. Je me suis retournée, juste à temps pour croiser les yeux du colonel Jenkins. Quand il m'a reconnue, il a serré ses gros poings. Bizarrement, l'image de l'entraîneur Albright s'est aussitôt imposée à moi. Derrière lui, marchant quasiment au pas cadencé, tout une bande de gars en treillis, aux mains comme des battoirs et aux cheveux ras, et qui se trouvaient être armés jusqu'aux dents.

Polo.

— Merde ! ai-je lâché.

— C'est elle, a grondé le colonel en me désignant du menton.

Sean n'avait peut-être que douze ans, mais il était loin d'être idiot.

— Sauve-toi ! a-t-il chuchoté.

Et bien qu'il n'ait que douze ans, son conseil m'a paru sacrément judicieux.

16

Le colonel Jenkins et ses hommes bloquant la sortie, on s'est débrouillés autrement. Il y avait une porte latérale indiquée par un panonceau lumineux. Plongeant par-là, nous nous sommes retrouvés devant le grand magasin JCPenney.

— Attends ! ai-je lancé à Sean qui s'apprêtait à déguerpir.

J'avais eu la présence d'esprit de prendre avec moi la serviette sur laquelle j'avais écrit l'adresse d'Ernest-Pyle et les noms de Goodheart et Abramowitz. Attrapant le gamin par le collet, j'ai fourré le papier dans la poche avant de son jean. Il a paru surpris.

— Et maintenant, dégage ! ai-je ajouté en le poussant.

Nous nous sommes séparés. Sans se concerter ni rien. Instinctivement. Sean a foncé en direction de la boutique de photos, j'ai piqué un sprint vers les escalators.

Lorsque j'avais entamé ma croisade destinée à défendre Douglas, à l'école primaire, époque où j'étais encore novice en batailles rangées, mon père m'avait prise un jour à part pour me filer quelques tuyaux. Un de ses conseils les plus judicieux – en dehors de la façon de frapper – a été de m'apprendre que, si je me retrouvais en situation d'infériorité, la meilleure solution était encore de décamper. Et toujours vers le point le plus bas. Jamais au grand jamais, m'avait-il dit, je ne devais grimper une colline, un escalier, n'importe quoi, lors d'une course-poursuite. Parce que si le gibier monte et que les chasseurs bloquent la seule issue disponible, le gibier n'a plus d'autre échappatoire que de sauter.

En même temps, je devais penser à Sean. C'était le plus important. À cause de moi, des mecs armés nous couraient aux basques, nom d'un chien ! Pas question que je leur permette de coincer un petit gars de douze ans qui, par-dessus le marché, ne se retrouvait embringué dans ce micmac que par ma faute. J'étais parfaitement consciente que, à la fin, il faudrait que je me laisse attraper. En attendant, à moi de m'arranger pour que la cavalcade dure le plus longtemps possible, afin de donner à Sean un maximum de chances de se carapater. Pour cela, j'allais être obligée de provoquer ma deuxième diversion de la journée.

Je me suis donc ruée sur les escalators, direction le deuxième niveau.

Et, ma foi, ils m'ont suivie comme un seul homme !

C'était encore l'heure du déjeuner, si bien que, le coin restauration mis à part, le centre commercial était relativement désert. J'ai réussi à zigzaguer comme une reine entre le peu de clients qui traînaient dans les parages. Les soldats qui me donnaient la chasse n'étaient pas aussi agiles. J'ai entendu des gens pousser des cris d'orfraie en tentant de s'écarter du chemin, et des objets dégringoler de toutes parts, comme ce stand appelé *L'Arbre à bijoux*, que j'avais pourtant évité avec maestria, qui s'est fracassé par terre quand les bidasses l'ont heurté de plein fouet.

Je n'étais pas assez bête pour m'engouffrer dans une des boutiques, car ç'aurait été un jeu d'enfant pour ces types de me coincer comme un lapin. Je m'en suis par conséquent tenue au couloir principal, qui était idéalement parsemé d'un tas d'obstacles – une grande fontaine, des marchands de gâteaux et (le pied !) un immense diaporama itinérant qui exposait des dinosaures robotisés à taille réelle, sans doute dans le but d'enseigner aux gamins et à leurs parents quelques rudiments sur la préhistoire.

Je ne plaisante pas. Bon, d'accord, j'exagère peut-être sur la taille réelle. La plusse grosse bête, un T-Rex, mesurait à peine six mètres de haut. Les monstres antédiluviens étaient entassés dans un endroit de trente mètres carrés à tout casser, surchargé de faux palmiers, fougères et autres machins qui poussent dans la jungle. Des haut-parleurs astucieusement déguisés en rochers dispensaient un fond sonore équatoriale, piaillements de singes et chants d'oiseaux. Il y avait même, dans un coin, un volcan qui crachait de la lave de pacotille.

J'ai jeté un coup d'œil derrière moi. Mes poursuivants s'étaient enfin dégagés du bazar provoqué par la chute de *L'Arbre à bijoux* et gagnaient du terrain. Un regard par-dessus la balustrade qui dominait le rez-de-chaussée, un étage en dessous, m'a appris que Sean venait de dépasser le glacier, le colonel Jenkins à ses trousses.

— Hé ! ai-je hurlé.

Un peu partout, des têtes se sont tournées pour me dévisager, y compris celle du colonel.

— Je suis là ! ai-je plastronné. Votre nouveau dauphin. Essayez donc de m'attraper !

Comme je l'avais espéré, le colonel Jenkins a laissé tomber Sean et a mis le cap sur les escalators. Moi, naturellement, j'ai filé vers le diorama et me suis faufilée sous le cordon de velours qui empêchait l'accès à l'exposition, suivie de près par une demi-douzaine des sbires de Jenkins. Mes tennis se sont enfoncées dans le matériau marron et élastique qu'ils avaient étalé sur le sol pour imiter de la terre, et j'ai été assaillie par le vacarme de tambours papous. Apparemment, les créateurs de cette exhibition du meilleur goût ignoraient que les dinosaures avaient précédé les hommes – et les tambours – de plusieurs centaines de milliers d'années. Une plainte solitaire a résonné, que j'ai identifiée comme celle d'un paon – bizarre ! –, puis un rugissement léonin – aucun doute –, et de la vapeur s'est échappée des narines du T-Rex, six mètres au-dessus de moi.

J'ai plongé derrière deux velociraptors qui se régalaient de la carcasse sanglante d'un tigre à dents de sabre. Les militaires ne lâchaient pas prise. Aïe ! Décidant de leur en faire baver un maximum, j'ai sauté sans hésiter dans le plan d'eau peu profond censé incarner un lac d'où émergeaient à la fois le faux volcan et la gueule d'un brachiosaurus. J'avais de l'eau à mi-mollet, mes tennis et le bas de mon jean ont vite été trempés.

Ça ne m'a empêchée d'avancer.

Les hommes de Jenkins devaient estimer que ma prise ne méritait pas qu'ils se mouillent les pieds, car ils se sont arrêtés net au bord du lac artificiel.

Soyons réalistes. Tout comme eux, je savais qu'ils finiraient par me choper. En admettant que j'aie réussi à filer du centre commercial, où serais-je allée, d'ailleurs ? Chez moi ?

Hors de question.

Je n'avais cependant pas à leur faciliter la tâche. Aussi, lorsque j'ai vu qu'ils se donnaient des coups de coude entendus puis se divisaient en deux groupes de façon à cerner le lac et à m'attraper quand j'essaierais de sortir de là, j'ai fait la première chose qui m'est venue à l'esprit – j'ai escaladé le volcan.

D'accord, mes pompes étaient légèrement avachies par la flotte. Certes, le volcan n'était pas très solide et a gémi sous mon poids. Mais mettez-vous à ma place ! Il fallait bien que j'agisse, non ?

Quand je suis parvenue au sommet, c'était justement l'heure pour lui d'entrer en éruption. Debout là-haut, à environ quatre mètres cinquante du sol, j'ai toisé le monde qui s'étalait à mes pieds, enveloppée par des nuages de vapeur, tandis que la coulée de lave, du plastique vermillon éclairé par des loupiotes intérieures, se mettait à rougir. La bande-son, toujours aussi approximative, a émis un bruit de tremblement de terre, puis un grondement monstrueux a secoué la mare à canards. (Pardon ! La mare à brachiosaurus.)

— Attention ! m'a crié une vieille dame en tenue de jogging qui m'avait observée grimper.

— Ne glisse pas, avec ces tennis mouillées ! a renchéri sa copine.

Les soldats les ont toisées avec autant de dégoût que moi-même.

De mon perchoir, j'avais une vue plongeante sur le centre commercial, jusqu'au rez-de-chaussée. Six nouveaux militaires ont soudain dévalé le couloir central au triple galop. Dès qu'ils ont eu disparu, Sean a jailli des étalages de Gap et s'est carapaté comme une flèche, éclat flou bleu (jean) et brun (tifs mal teints), vers les salles de cinéma.

Il n'était pas allé bien loin, le bougre ! Une troisième diversion s'imposait. J'ai donc titubé jusqu'au cratère du volcan, et j'ai braillé :

— N'approchez pas, sinon je saute !

Les deux vieillardes en sont restées comme deux ronds de flan. Les bidasses ont pris un air encore plus écœuré. Et d'une, ils n'avaient nullement l'intention d'approcher. Et de deux, même si je mettais ma menace à exécution, ma chute ne serait pas franchement mortelle : je n'étais pas à des cimes vertigineuses.

Je persiste cependant à penser que tout cela avait l'air très dramatique. Imaginez ! Une jeune vierge (hélas) en équilibre au sommet d'un volcan. Dommage que mes cheveux aient été trop courts, et que je n'ai pas été vêtue d'une robe blanche flottante. Le jean gâchait un peu l'effet, sans doute.

À cet instant, le colonel Jenkins nous a rejoints au pas de course. Il a tendu le bras vers moi tout en enguirlandant ses hommes d'une manière qui, plus que jamais, m'a fait penser à Albright.

— Qu'est-ce qu'elle fiche là-haut ? a-t-il exigé de savoir. Allez me la chercher immédiatement.

J'ai jeté un coup d'œil en direction du multiplexe. J'apercevais Sean, planqué derrière une silhouette en carton grandeur nature d'Arnold Schwarzenegger. Des soldats fouillaient les parages en se demandant où il avait bien pu passer. Croisant les doigts pour réussir à détourner leur attention suffisamment longtemps en priant pour que le môme parvienne à se tailler, je me suis égosillée :

— Je suis sérieuse ! Si quelqu'un approche, je saute !

Bingo ! Les gars du rez-de-chaussée ont levé la tête, et Sean en a profité pour abandonner Arnold et trotter jusqu'au guichet.

— Très bien, mademoiselle Mastriani ! m'a hélée le colonel Jenkins. La plaisanterie est terminée. Descendez d'ici avant de vous blesser.

— Non.

Il a soupiré. Puis il a levé un doigt, et quatre de ses hommes sont entrés dans le lac.

— Reculez ! ai-je braillé.

En bas, Sean n'avait plus qu'à dépasser en catimini la fille qui vérifiait les tickets et il serait à l'intérieur du cinéma.

— Mademoiselle Mastriani, a repris le colonel

Jenkins sur un ton qui dissimulait mal son exaspération, nous avons-vous offensée d'une façon quelconque ? Avez-vous été maltraitée depuis que votre père vous a confiée à nous ?

— Non.

Les sbires se rapprochaient.

— N'est-il pas exact, que le Dr Shifton et l'Agent Spécial Smith, ainsi que toute l'équipe de Crane, se sont mis en quatre pour que vous soyez à l'aise ?

— Si.

En bas, la fille des billets venait d'attraper Sean par le colback. Elle lui disait quelque chose, mais je n'ai rien entendu, bien sûr.

— Dans ce cas, tâchons de rester rationnels. Rentrons à Crane et parlons de tout ça.

La fille des tickets commençait à élever la voix. Les soldats qui me regardaient ont tourné la tête, distraits par la dispute qui se déroulait du côté des cinoches.

— Appelez la police ! ai-je lancé aux deux vieilles spectatrices. Je vais être ramenée de force à la base militaire de Crane.

— Crane ! s'est exclamée celle en tenue de jogging. Mais ils l'ont fermée.

— Sacré nom de Dieu de nom de Dieu ! a soudain beuglé le colonel Jenkins qui, apparemment, avait oublié qu'il avait un public. Descendez de là tout de suite ou je me charge de vous déloger à coups de pied dans le train !

Les deux ancêtres en ont hoqueté d'horreur. Hélas, en bas, les bidasses avaient repéré Sean. Ils se sont rués sur lui. Quant à ceux que le colonel Jenkins avait lâchés à mes trousses, ils étaient désormais au pied du volcan.

— Zut de zut ! ai-je marmonné en voyant Sean se faire coincer.

C'était fini. Fichu.

Je n'ai cependant pas renoncé à leur compliquer la vie.

— Relâchez le môme, ou je saute ! ai-je menacé.

— Non, petite ! a crié une des vieillardes.

Celles-ci avaient été rejointes par quelques lycéens venus aux nouvelles. Eux m'ont encouragée à sauter. J'ai jeté un regard dans le cœur du cratère. J'ai distingué un cercle de lino nu traversé par les montants de l'échafaudage qui soutenait le volcan. Ils arriveraient à me sortir de là. Mais ça leur prendrait du temps. Relevant la tête, j'ai constaté que les hommes du colonel Jenkins tentaient tant bien que mal d'escalader mon perchoir. Ils étaient gênés par leurs bottes mouillées qui glissaient sur la surface en plastique.

Au rez-de-chaussée, on emmenait Sean, qui vociférait en donnant des coups de pied dans tous les sens.

Déployant les bras, je me suis perchée sur la crête du volcan.

— Non ! a hurlé le colonel Jenkins.

Trop tard ! J'avais plongé.

17

Il leur a fallu presque une demi-heure pour me tirer de là. Le cratère n'était pas assez large pour la carrure d'un soldat, encore moins pour celle du colonel Jenkins. Mon petit saut a surtout eu pour résultat de le rendre complètement fou de rage, d'ailleurs.

Ne serait-ce qu'à cause de cela, ça valait le coup, et je n'ai rien regretté.

Je suis donc restée assise, bien pépère, à les écouter se creuser les méninges afin de trouver une façon de me récupérer. Finalement, quelqu'un est allé acheter une scie électrique chez Sears, et ils ont découpé un gros trou dans le flanc du volcan. Quand ils m'ont hissée, les badauds ont applaudi, l'air de croire que tout cela avait été un numéro destiné à leur seul plaisir.

Les Agents Spéciaux Johnson et Smith étaient présents à ma sortie. Tout dans leur attitude laissait supposer que mon départ en douce de la base constituait un camouflet personnel que je leur aurais infligé. Je m'en suis défendue comme une diablesse.

— Je vous ai écrit un mot ! ai-je insisté, une fois dans la voiture noire du gouvernement (fenêtres teintées, s'il vous plaît !) qui nous ramenait à Crane, les deux agents du FBI devant, Sean et moi derrière.

— En effet, a acquiescé l'Agent Spécial Smith, mais vous avez emporté plusieurs choses qui nous ont induits à croire que vous comptiez nous fausser définitivement compagnie.

— Lesquelles ?

Elle a brandi le livre de photos qu'ils m'avaient apporté la veille dans l'espoir que je localiserais quelques mauvais sujets. Elle l'avait tiré de mon sac à dos, confisqué sitôt mon sauvetage accompli.

— Je voulais seulement le montrer à quelqu'un, ai-je protesté avec sincérité.

En effet, j'avais eu l'idée – avant que Sean ne me traite de dauphin – de porter l'album à Michael. Je comptais sur ses talents informatiques pour trouver qui étaient ces types. Via l'Internet, ou autrement, que sais-je ? Je souhaitais m'assurer qu'il s'agissait bien de criminels, et pas de quelque innocent avocat, tel Will Smith dans *Ennemi d'État*. Une idée pas très maligne, d'accord. Depuis, Sean m'avait appris quelques petits trucs, et j'avais eu le temps de réfléchir.

— J'avais bien l'intention de le rapporter, ai-je précisé.

— Vraiment ?

L'Agent Spécial Smith s'est retournée pour me regarder. Elle paraissait extrêmement déçue. Il était clair que, pour elle, je n'étais plus digne d'intégrer jamais le FBI.

— Par ailleurs, a-t-elle enchaîné, si vous souhaitiez rentrer à la base, pourquoi avoir pris ça aussi ?

Sur ce, elle a extrait ma flûte de mon sac. Crotte de bique ! Elle me tenait, là.

— Lorsque j'ai constaté qu'elle avait disparu de votre chambre, a-t-elle raisonné, faisant montre des remarquables capacités cognitives qui lui avaient valu son statut d'Agent Spécial, j'ai compris que vous ne reviendriez pas, en dépit de votre message et du billet aller-retour que vous aviez acheté.

— C'est comme ça que vous avez su que j'étais à Paoli ? ai-je demandé. À cause du ticket de bus ?

Je désirais réellement apprendre quelles fautes j'avais commises. Juste au cas où il devrait y avoir une prochaine fois, vous comprenez.

— Oui. L'employée de la gare routière vous a reconnue.

À ma grande déception, l'Agent Spécial Johnson respectait scrupuleusement les limitations de vitesse.

Écœurant. Même les camions nous doublaient ! Excepté la file de véhicules qui nous suivaient, transportant le colonel Jenkins et ses hommes, nous étions la voiture la plus lente de la quatre voies, d'ailleurs.

— Vous n'êtes plus franchement une citoyenne lambda, mademoiselle Mastriani, a continué l'Agent Spécial Smith. Pas après que votre portrait a fait la une du *Time Magazine*.

— Tout ce ramdam pour moi, c'est assez inutile, vous savez, ai-je objecté en montrant notre escorte.

— Vous étiez en possession de données classées top secret, a précisé l'Agent Spécial Johnson en désignant le livre de photos. Nous voulions être sûrs de les récupérer.

— Bon, ben maintenant que c'est chose faite, vous allez me laisser partir, non ?

— Il ne nous appartient pas d'en décider, m'a-t-il annoncé.

— Qui décide, alors ?

— Nos supérieurs.

— L'homme à la cigarette[1] ?

Ils se sont dévisagés, éberlués.

— Qui ?

— Laissez tomber. Écoutez, vous n'avez qu'à dire à vos supérieurs que je démissionne.

1. Allusion à la série *X-Files*.

L'Agent Spécial Smith m'a contemplée. Ce jour-là, ses boucles d'oreilles étaient deux petits diamants.

— Vous ne pouvez pas démissionner, Jess, m'a-t-elle annoncé tout de go.

— Pourquoi ça ?

— Parce que vous êtes douée d'un don extraordinaire. Il est de votre devoir d'en faire profiter le reste du monde. Je ne sais pas ce qui vous prend, tout à coup, a-t-elle ajouté en secouant la tête. Hier, vous paraissiez parfaitement satisfaite de notre arrangement. Pourquoi cette brusque envie de partir ?

J'ai haussé les épaules. Je vous jure que Claire Lippman aurait bavé d'envie devant mes soudains talents d'actrice.

— La maison me manque, ai-je pépié en battant des cils.

— Hum ! a grommelé l'Agent Spécial Johnson. Je pensais que si vous aviez changé d'avis et accepté notre proposition c'était justement parce que vous vous inquiétiez pour les vôtres et souhaitiez leur éviter d'être ennuyés par les médias. Je croyais que vous aviez estimé que seul votre départ de la maison leur donnerait la tranquillité à laquelle ils aspirent.

J'ai avalé ma salive.

— Oui. Mais c'était avant que la maison me manque.

— Votre frère Douglas vient à peine de sortir de l'hôpital, est intervenue l'Agent Spécial Smith. Si vous rentriez chez vous maintenant, il risquerait de devoir y retourner tout de suite. Toutes ces caméras, ces flashs, ces cris – ça l'a vraiment secoué.

C'était ce qui s'appelle un coup bas. Mes yeux se sont mouillés de larmes, et j'ai sérieusement envisagé de me jeter hors de la voiture – nous ne roulions pas assez vite pour que je me blesse – et de me sauver. Malheureusement, elles étaient verrouillées, et le bouton déclenchant les serrures n'avait pas l'air de fonctionner. Les commandes se trouvaient à l'avant, près de l'Agent Spécial Johnson.

Et puis, je devais aussi m'occuper de Sean.

L'Agent Spécial Smith continuait son petit discours sur mon sens des responsabilités.

— Je suis donc censée aider à livrer les méchants aux mains de la justice ? l'ai-je interrompue, histoire de clarifier les choses.

— Oui. Et à réunir les gens comme Sean avec ceux qui les aiment.

Le môme et moi avons échangé un coup d'œil.

— Hé, les mecs, a-t-il lancé, ça vous arrive de lire le journal ? Mon père est un connard.

(Excusez son langage.)

— Es-tu vraiment bien sûr de le connaître ? a objecté l'Agent Spécial Smith d'une voix apaisante. Si j'ai bien compris, ta mère t'a enlevé alors que tu n'avais que six ans.

— Ouais. Parce qu'il m'avait cassé le bras, un soir où je n'avais pas rangé tous mes jouets.

— La vache ! me suis-je exclamée. C'est Dark Vador, ou quoi ?

— En moins sympa.

— Bravo ! ai-je craché aux deux agents du FBI. Vous êtes sûrement très fiers de vous. Livrer ce petit gars au seigneur noir de Sith.

— Dis donc, toi ! a protesté Sean. Je ne suis pas petit !

— M. O'Hanahan a été reconnu apte à assurer la garde de son fils par la cour de l'État de l'Illinois, a souligné l'Agent Spécial Smith, les lèvres pincées.

— L'esclavage aussi était légal dans l'Illinois, avant, a rétorqué le gamin. Ça ne signifie pas pour autant que c'était bien.

— Un tribunal peut se tromper, ai-je renchéri.

— Et comment ! a précisé Sean.

Je suis à peu près certaine d'avoir été la seule à remarquer que sa voix tremblait. Je lui ai pris la main et l'ai tenue tout le reste du voyage. Même si elle était un peu moite. Après tout, j'étais entièrement responsable de la situation, non ?

Une fois à Crane, ils nous ont séparés. Sean s'étant déjà fait la belle, j'imagine qu'ils voulaient prendre toutes les précautions pour qu'il ne recommence pas. Comme son père ne devait pas venir le chercher avant le lendemain, ils l'ont bouclé à l'infirmerie.

Je ne rigole pas.

Je suppose qu'ils ont choisi l'infirmerie et pas le trou, là où ils jettent les vilains soldats, pour éviter qu'on ne les accuse ensuite de l'avoir retenu de force. En mettant l'infirmerie à sa disposition, ils pouvaient prétendre qu'ils s'étaient juste souciés de son bien-être.

Sauf qu'elle ressemblait drôlement à une cellule. Les quatre fenêtres étaient grillagées, sans doute pour empêcher qu'on n'y vole des médicaments – elle était située au rez-de-chaussée. Je savais de ma première journée sur place à subir mes examens que les armoires renfermant les trucs marrants comme les stéthoscopes et les seringues hypodermiques étaient fermées à clé, et que les magazines étaient périmés depuis des lustres. Sean n'allait pas s'amuser. Sans compter qu'il n'aurait pas de quoi s'occuper l'esprit pour oublier l'arrivée imminente de son paternel.

Moi, ils m'ont emprisonnée dans mon ancienne chambre. Sans charre. Je me suis retrouvée exactement à l'endroit d'où j'étais partie le matin même, à la notable différence que la porte était verrouillée de l'extérieur, et que le téléphone, bizarrement, ne fonctionnait plus. Qu'est-ce qu'ils croyaient ? Que j'allais alerter la police ? Genre :

— Monsieur l'agent, je suis détenue sur la base militaire de Crane ! À l'aide, Monsieur l'agent !

— Qu'est-ce que vous racontez, jeune fille ? Crane est fermée depuis des années !

Plus de téléphone donc, et plus de piscine. J'étais enfermée à double tour. *Marco Polo est bouclé pour la nuit. Je répète, Marco Polo est bouclé pour la nuit.*

Enfin, c'est ce qu'ils croyaient. Sauf que.

Prenez une ado – sage à la base, bien qu'un peu prompte à jouer des poings – et obligez-la à rester assise une heure par jour après les cours avec d'autres ados beaucoup moins sages. Même si vous lui interdisez de communiquer, elle ne pourra s'empêcher d'apprendre quelques petits trucs. Des ficelles que vous ne souhaitiez pas forcément que cette ado sage apprenne. Comme, par exemple, mettre le feu dans les toilettes des dames d'une gare routière. Ou crocheter une serrure. Ce qui est beaucoup plus facile que ce qu'estime le commun des mortels. Tout dépend du verrou. Celui de ma chambre n'était pas très solide. J'ai réussi à en venir à bout avec la cartouche d'encre d'un stylo-bille.

Écoutez, ce n'est vraiment pas ma faute. Il arrive qu'on ramasse des choses çà et là, au hasard de l'existence.

Ils m'ont chopée tout de suite. La vache, qu'est-ce qu'il était furax, le colonel Jenkins ! Mais pas autant que l'Agent Spécial Johnson. Celui-là m'avait dans le nez depuis le jour où j'avais cassé celui de son équipier. Cette fois, j'avais vraiment poussé le bouchon un peu loin. Ils en avaient soupé, de moi, et ils avaient bien l'intention de me jeter dans un cul-de-basse-fosse.

Le Dr Shifton m'a défendue. Je l'ai entendue plaider que j'avais visiblement un problème avec l'autorité, et qu'ils adoptaient de mauvaises solutions. Je finirais par me plier à leur volonté. Le tout était de me convaincre que l'idée venait de moi. Le colonel Jenkins n'a pas tellement apprécié.

— Sacré nom de Dieu de nom de Dieu, Helen ! a-t-il beuglé. Elle sait où trouver chacun des types dont nous lui avons montré la photo. Je l'ai vu dans ses yeux. Que voulez-vous que nous fassions ? Que nous attendions qu'elle soit d'humeur à nous parler ?

— Oui, a répondu le Dr Shifton, c'est exactement ce que je propose.

Je l'ai appréciée pour ça. De toute façon, je n'avais pas la moindre idée de l'endroit où étaient tous ces types.

Juste la majorité d'entre eux.

Si j'ai tout entendu, c'est parce que le bureau du Dr Shifton est situé juste à côté de l'infirmerie, et que c'était là qu'ils m'avaient collée après ma deuxième tentative d'évasion. Avec Sean.

Comme par hasard, c'était ce que j'avais désiré.

Pas la peine de sauter aux conclusions – je n'avais aucun plan. Je m'étais seulement dit que le môme avait besoin de moi.

Qu'il n'ait pas semblé partager cet avis est hors sujet.

— Qu'est-ce que tu fiches ici ? a-t-il maugréé en me fixant d'un œil noir depuis le lit où il était couché.

Sur un ton laissant suggérer qu'il n'était pas particulièrement heureux de me revoir.

— Je zone.

— Mon père sera là demain matin, m'a-t-il annoncé, le visage fermé et tout blanc (sauf les taches de rousseur). Il n'a pas pu arriver ce soir, à cause d'un conseil d'administration. Mais il aura droit à une escorte policière dès qu'il sera prêt à partir. C'est bien lui, ça, a-t-il ajouté en secouant la tête, dépité. Le boulot avant tout. Et attention à toi si tu te mets sur son chemin.

— Sean, ai-je murmuré, je t'ai promis de réparer ça. Un peu de confiance, que diable !

— Et comment comptes-tu t'y prendre ? a-t-il riposté en contemplant la porte verrouillée.

— Je n'en sais encore rien, mais ça va venir. Juré.

— Mais oui bien sûr, a-t-il soupiré.

Le scepticisme du malappris a renforcé ma détermination.

Les heures se sont écoulées. Personne n'est passé nous voir, pas même le Dr Shifton. Nous avons tué le temps en imaginant de quelle façon filer, en écoutant la radio et en remplissant de vieilles grilles de mots croisés.

Enfin, vers dix-huit heures, la porte s'est ouverte, et l'Agent Spécial Smith est entrée, portant deux sacs de chez McDo. Mes jours de bombance étaient terminés, apparemment. Ça m'était égal. L'odeur de ces frites m'ont donné l'eau à la bouche, et mon estomac a grondé bruyamment. Je n'avais rien avalé depuis le matin.

— Salut ! a lancé l'Agent Spécial Smith avec un sourire désabusé. Je vous ai apporté à manger. Ça va ?

— Très bien, si l'on omet le fait que nos droits constitutionnels sont bafoués, ai-je rétorqué aussi sec.

De désabusé, le sourire de l'Agent Spécial Smith est devenu forcé. Elle a déposé notre dîner sur l'un des lits. Des double cheeseburgers. Pas mes préférés, mais c'était la grande taille.

Sean a littéralement gobé son premier hamburger. Pour ma part, je reconnais m'être empiffrée de frites plus que la raison ne le voudrait. Pendant que je bâfrais, l'Agent Spécial Smith, ignorant complètement Sean, a tenté de me raisonner. Le Dr Shifton avait dû la briefer.

— Vous avez un don vraiment très spécial, Jess. Ce serait une honte de le gâcher. Nous avons désespérément besoin de votre aide. Vous ne voulez donc pas rendre ce monde meilleur et plus sûr pour les enfants comme vous ?

— Si. Mais je n'ai pas envie d'être un dauphin.

— Un quoi ? a-t-elle répondu en plissant son joli front.

Je lui ai donc expliqué la théorie des dauphins, tandis que Sean nous regardait en mâchant, silencieux. Je lui avais donné l'un de mes hamburgers. Pourtant, trois semblaient à peine l'avoir rassasié. Pour un aussi petit garçon, il avait un appétit d'une férocité alarmante.

— C'est la première fois que j'entends cette histoire, a fini par marmonner l'Agent Spécial Smith, l'air perplexe. Je sais qu'ils ont utilisé des bergers allemands pour des missions similaires pendant la Première Guerre mondiale...

— Bergers allemands ou dauphins, peu importe, l'ai-je interrompue. Je refuse d'être manipulée.

— Jess, votre pouvoir...

— Stop ! Je ne plaisante pas. Ne dites rien. Je ne veux plus en entendre parler. Ce talent dont vous ne cessez de me rebattre les oreilles ne m'a causé que des ennuis. Il a déboussolé mon frère qui s'en était pourtant sorti, il a mis la mère de ce petit gars en prison...

— Hé ! a protesté Sean, indigné. Je ne suis pas petit.

J'avais oublié ses objections quant à l'usage de cet adjectif à son égard.

— Jess, a repris l'Agent Spécial Smith en récupérant les emballages de notre repas, soyez raisonnable.

Je suis très triste pour la mère de Sean, mais reconnaissez qu'elle a enfreint la loi. Quant à votre frère, vous ne pouvez tout laisser tomber sous prétexte d'une rechute. Essayez de prendre un peu de distance...

— Pardon ? me suis-je insurgée. Agent Spécial Smith, ai-je martelé, penchée en avant, en détachant soigneusement chaque mot, j'ai été frappée par la foudre. Depuis, lorsque je dors, je rêve de personnes disparues et, au réveil, je sais où elles se trouvent. Tout à coup, le gouvernement américain veut se servir de moi comme d'une espèce d'arme secrète pour attraper des fugitifs. Et vous estimez que je devrais *prendre de la distance* ?

— Ce que vous appelez dauphin, la plupart des Américains l'appelleraient héros, a-t-elle rétorqué, agacée. Je ne suis pas venue ici pour me disputer avec vous, a-t-elle continué en fourrant les emballages dans la poubelle, mais pour vous rapporter ceci.

Elle m'a tendu mon sac à dos. Si, naturellement, l'album de photos n'y était plus, ma flûte, en revanche, était bien là. Je l'ai serrée contre moi.

— Merci.

Étrangement, le geste m'a touchée. Ne me demandez pas pourquoi. C'était *ma* flûte ! J'ai craint un instant d'être atteinte de ce syndrome qui frappe les otages ; vous savez, quand ils commencent à sympathiser avec leurs ravisseurs.

— Je vous aime bien, Jess, a conclu l'Agent Spécial Smith, et je souhaite vraiment que vous réfléchissiez à ce que je viens de vous dire. Parce que, voyez-vous, je pense que vous feriez un formidable agent du FBI, un jour.

— Ah bon ?

Voilà qui était sûrement un sacré compliment.

— Oui. Bien, je vous laisse. Je repasserai peut-être un peu plus tard.

— C'est ça, a grommelé Sean, à plus.

Elle est sortie, en prenant soin de verrouiller la porte derrière elle. La serrure de l'infirmerie était de celles que même ma connaissance étendue du sujet n'aurait été capable de vaincre.

Ce qui n'avait aucune importance. L'Agent Spécial Smith avait eu raison d'affirmer que je serais une parfaite recrue pour le FBI.

Profitant du moment où elle avait jeté les emballages de notre dîner, j'avais discrètement fouillé son sac et subtilisé son téléphone portable.

Je l'ai montré à Sean.

— Franchement, reconnais que je suis une pro, me suis-je exclamée. Une vraie pro !

18

Ça nous a pris un moment de comprendre comment fonctionnait le portable de l'Agent Spécial Smith. Un mot de passe était nécessaire pour obtenir la tonalité. C'est ce qui a été le plus long à déterminer. Je savais par Michael – qui prend son pied à deviner ce genre de choses – que la plupart des codes secrets étaient constitués de quatre à six chiffres. Le prénom de l'Agent Spécial Smith étant Jill, j'ai tapé 5455, et comme aurait dit ma mère, *voilà*[1] ! nous étions dans la place.

Sean voulait que je contacte une chaîne d'informations.

— Ils sont justes à l'extérieur des grilles, a-t-il

1. En français dans le texte.

plaidé, tout excité. Je les ai vus quand nous sommes arrivés. Vas-y, raconte-leur ce qui se passe.

— Du calme, morveux. Je n'appellerai pas la presse.

— Je commence à en avoir ras le bol que tu me traites de morveux, a-t-il braillé en cessant de sauter de tous les côtés. Pareil quand tu dis que je suis petit. Je suis presque aussi grand que toi, et j'aurai treize ans dans neuf mois.

— La ferme ! Nous n'avons pas beaucoup de temps avant qu'elle s'aperçoive de la disparition de son mobile.

J'ai téléphoné chez moi. C'est ma mère qui a décroché. Ils étaient en plein dîner, le premier de Douglas depuis son retour de l'hosto.

— Comment vas-tu, chérie ? s'est enquise ma mère. Ils te traitent bien ?

— Euh, ce n'est pas le mot. Passe-moi p'pa, s'il te plaît.

— Comment ça, ce n'est pas le mot ? Papa affirme que tu as une chambre ravissante pour toi toute seule, avec télé et salle de bains privée. Elle ne te plaît pas ?

— Si. P'pa est là ?

— Bien sûr. Où veux-tu qu'il soit ? Et nous sommes tous deux très fiers de toi.

Je n'étais partie que depuis quarante-huit heures mais, apparemment, ce laps de temps avait suffi à ma mère pour perdre complètement les pédales.

— En quel honneur ?

— L'argent de la récompense ! s'est-elle exclamée. Il est arrivé aujourd'hui. Un chèque de dix mille dollars, à ton nom, chérie. Et ce n'est qu'un début.

Bon sang ! Elle avait vraiment pété un câble.

— Le début de quoi ?

— Des revenus supplémentaires que tu vas générer grâce à tout ça. Pepsi est passé nous voir, chérie. Ils aimeraient que tu représentes la nouvelle marque de soda qu'ils ont inventée. Elle contient du ginkgo biloba, pour le cerveau, tu sais.

— Tu te moques de moi ! ai-je murmuré, la gorge soudain serrée.

— Non. C'est plutôt bon, d'ailleurs. Ils en ont laissé une caisse. Ils t'offrent cent mille dollars, Jessie ! Rien que pour te tenir devant une caméra et raconter qu'il y a des façons plus simples d'améliorer la vigueur de son cerveau que d'être frappé par la foudre.

En arrière-plan a résonné la voix de mon père, sévère :

— Elle ne le fera pas, Toni !

— Laisse-la donc décider toute seule, a répliqué ma mère. Si ça se trouve, elle aimera ça. Et je crois qu'elle sera très douée. Jess est beaucoup plus jolie que la majorité des filles qu'on voit à la télé.

Ma gorge était vraiment douloureuse, maintenant,

mais je ne pouvais rien contre, puisque les armoires contenant les médicaments étaient fermées à clé.

— Je t'en prie, m'man, passe-moi papa.

— Une seconde, chérie, que je te raconte les progrès de Dougie. Tu n'es pas la seule héroïne de la famille, figure-toi. Dougie va bien, très bien même. Naturellement, sa Jess lui manque.

— Super. Il... n'entend plus de voix.

— Pas une seule. Pas depuis que tu es partie en entraînant tous ces vilains journalistes dans ton sillage. Tu nous manques, chérie. Par contre, ces affreux et leurs camions, pas du tout. Les voisins commençaient à se plaindre des marques de pas sur leurs pelouses, tu comprends. Tu connais les Abramowitz. Ils sont tellement chochottes, avec leur jardin.

Je n'ai pas relevé. De toute façon, je crois que je n'aurais pas pu parler, quand bien même je l'aurais souhaité.

— Tu veux dire bonjour à Dougie, chérie ? Lui a envie de te parler. J'ai préparé son dessert préféré pour fêter son retour à la maison, les gâteaux tunisiens aux noix et au miel. Ça m'embête un peu que tu ne sois pas là, je sais combien tu les adores aussi. Je vais t'en mettre de côté, tiens ! Ils te nourrissent bien, là-bas ? Ou est-ce cette horrible nourriture de l'armée ?

— Tout va bien. M'man, s'il te plaît, pourrais-je parler à...

Mais elle avait déjà tendu l'appareil à Douglas. Sa voix, grave mais toujours aussi hésitante, a retenti.

— Salut ! Comment va ?

— Bien, ai-je répondu en tournant le dos à Sean pour qu'il ne voie pas que je m'essuyais les yeux.

— Ouais ? T'as pas l'air très en forme, pourtant.

Éloignant le mobile de mon visage, je me suis raclé la gorge.

— Si, si, ai-je repris, une fois certaine que je n'allais pas fondre en larmes. Je suis désolée, Doug.

— De quoi ? s'est-il étonné. Ce n'est pas ta faute.

— En quelque sorte, si. Tous ces gens devant chez nous étaient là à cause de moi.

— N'importe quoi !

Et pourtant... je savais que j'avais raison. J'aimais à penser que Douglas était beaucoup moins fou que ma mère en était persuadée, n'empêche qu'il restait très fragile. Laisser tomber accidentellement un plateau dans un restaurant ne déclencherait pas un de ses incidents. En revanche, se réveiller et découvrir un tas d'étrangers armés de matériel cinématographique sur sa pelouse, si. Et comment, même !

C'est là que j'ai compris. Pour autant que je le veuille, je ne pouvais rentrer chez nous. Pas encore. Pas si je souhaitais que Douglas aille bien.

— Tu es bien traitée ? m'a demandé ce dernier.

J'ai regardé par les fenêtres grillagées. Dehors, le soleil se couchait, dessinant ses rayons sur le gazon proprement tondu. Au loin, j'apercevais une petite piste sur laquelle était posé un hélicoptère. Aucun hélicoptère n'avait décollé ou atterri depuis que j'étais là. Il n'y avait pas d'OVNI non plus, à Crane. Il n'y avait rien, à Crane.

— Bien sûr.

— Sans blague ? Parce que tu me sembles vachement déprimée.

— Non, ça va.

— Bon. Alors, comment vas-tu dépenser le fric de la récompense ?

— Aucune idée. Tu as une suggestion ?

— Papa aurait bien besoin d'un nouveau jeu de clubs de golf. Quoique... il n'a jamais le temps d'y aller.

— Je ne veux pas de clubs de golf ! a braillé mon paternel, en bruit de fond. Nous placerons cet argent pour payer les études de Jess.

— Une voiture pour moi ! a crié Mike.

Ça m'a fait rire.

— C'est seulement pour emmener Claire Lippman aux carrières désaffectées, ai-je expliqué à Doug.

— Alors, c'est du sérieux. Et maman adorerait changer de machine à coudre.

— Pour pouvoir nous concocter d'autres tenues assorties, ai-je souri. Et toi ?

— Moi ? (Sa voix commençait à sembler plus distante que jamais.) Juste que tu rentres à la maison, et que tout redevienne normal.

J'ai toussé, histoire de dissimuler que je m'étais remise à pleurer.

— Eh bien, ai-je repris, je serai bientôt là. Et tu vas le regretter, parce que je n'arrêterai pas de débouler dans ta chambre pour t'embêter.

— Tes invasions permanentes me manquent.

Cette fois, c'était trop.

— Je... je... ai-je hoqueté. Il faut que je raccroche.

— Un instant, p'pa veut que tu...

Mais j'avais coupé la communication. Je savais tout à coup qu'il ne servait à rien que j'informe mon père. Qu'aurait-il pu faire, de toute façon ? Et quand bien même, où serais-je allée ? Pas à la maison. Pas avec les journalistes et les représentants de Pepsi qui me traqueraient partout. Pour le coup, Douglas deviendrait carrément dingo.

— Jess ?

J'ai sursauté. J'avais presque oublié Sean. Je lui ai lancé un coup d'œil surpris.

— Quoi ?

— Est-ce que par hasard tu... Mais oui ! s'est-il écrié, ahuri.

— Je quoi ?

— Tu pleures. Pourquoi donc ? a-t-il ajouté en fronçant les sourcils.

— Pour rien. Et d'ailleurs, ai-je précisé en essuyant mes yeux du revers de ma manche, je ne pleure pas.

— Quelle menteuse ! Ça me...

— Pas de grossièretés ! ai-je ordonné en composant un autre numéro.

— Pourquoi ? Tu en dis bien, toi. Qui appelles-tu, maintenant ?

— Quelqu'un qui va nous sortir d'ici, et plus vite que ça !

19

C'est peu après minuit que je l'ai entendue – la moto que mes oreilles n'avaient cessé de guetter depuis ces deux dernières semaines. Cette fois cependant, elle ne ronronnait pas dans Lumley Lane, contrairement à mes rêves les plus chers.

Non, elle grondait sur le parking désert de la base militaire de Crane.

Sautant à bas du lit sur lequel je somnolais, je me suis ruée à une fenêtre. J'ai dû mettre mes doigts en coupe autour de mes yeux pour voir ce qui se passait dehors. Dans un pan de lumière dispensé par l'un des éclairages de sécurité, j'ai distingué Rob. Il tournait en rond, son visage – caché par la visière de son casque – cherchant à droite et à gauche le bâtiment dans lequel je me trouvais.

J'ai martelé la vitre en l'appelant.

Sean, blotti sur le lit voisin du mien, s'est redressé comme un diable de sa boîte, aussi éveillé qu'il avait été profondément endormi une minute auparavant.

— C'est mon père ! a-t-il balbutié.

— Non. Recule pendant que je casse la fenêtre. Il ne m'entend pas.

Je savais ne disposer que de quelques secondes avant que Rob ne s'éloigne de l'infirmerie. Il fallait que j'agisse vite. J'ai attrapé le premier objet qui me tombait sous la main, une corbeille à papier métallique, et l'ai balancée contre le carreau.

Redoutablement efficace. Du verre a volé de tous côtés, y compris dans ma direction, car les éclats ont ricoché sur la grille en fer. J'ai senti de minuscules aiguilles argentées s'enfoncer dans mes cheveux et mon T-shirt.

Aucune importance.

— Rob ! ai-je hurlé.

Posant un pied à terre, il s'est arrêté. La seconde d'après, il fonçait vers moi en labourant la pelouse. Ce n'est qu'à cet instant que j'ai remarqué la demi-douzaine de motards qui le suivaient, de grands gaillards chevauchant des Harley.

— Salut ! m'a lancé Rob après avoir perché sa bécane sur la béquille et avoir arraché son casque. Ça va ?

J'ai acquiescé. Les mots me manquent pour exprimer à quel point j'étais contente de le voir. Et quand il a passé les bras à travers les barreaux, a enroulé ses doigts autour de mon T-shirt, m'a attirée vers lui et m'a embrassée dans ma prison... que dire de plus, sinon que la situation s'est encore améliorée ? Puis il m'a relâchée, si brusquement que j'ai deviné que ce baiser n'était pas prémédité, qu'il avait eu lieu comme ça, impromptu.

— Désolé, a-t-il marmonné.

Ouais, sauf qu'il n'avait pas l'air très désolé, si vous me suivez.

— Ce n'est pas grave, ai-je répondu.

Pas grave ? Tu parles ! C'était le meilleur baiser de ma vie. Encore plus exquis que le premier.

— Tu es sûr que ça ne te dérange pas de faire ça ? ai-je repris en revenant à des urgences plus immédiates.

— T'inquiète. Rien de plus fastoche.

Sur ce, il s'est éloigné afin de mettre son plan à exécution.

Sean, qui avait observé toute la scène, m'a apostrophée d'une voix des plus outrées :

— Qui c'est, *çui-là* ?

— Rob Wilkins.

J'avais dû prononcer ce nom avec un peu trop de joie dans la voix, car le moutard m'a lorgnée d'un air suspicieux.

— C'est ton petit ami ? a-t-il demandé.

— Non.

À mon plus grand regret, suis-je obligée de préciser.

— Et tu le laisses t'embrasser comme ça, sans protester ! s'est exclamé Sean, consterné.

— Il ne m'a pas embrassée. Il était juste content de me voir.

À cet instant, un visage extrêmement barbu a remplacé celui de Rob dans l'encadrement de la fenêtre. J'ai reconnu son pote de chez *Chick*, celui au tatouage commémorant l'Offensive du Têt. Il a fait glisser une chaîne à travers les barreaux avant de l'attacher à l'arrière d'une des motos.

— Reculez donc, vous aut' ! nous a-t-il ordonné. Ça va péter sec !

Il a disparu. Sean m'a scrutée avec méfiance.

— Ce sont des amis à toi ? a-t-il lancé sur un ton désapprobateur.

— En quelque sorte. Et maintenant, éloigne-toi, je ne tiens pas à ce que tu sois blessé.

— Oh, ça va, a-t-il rouspété, je ne suis pas un bébé, compris ?

Sauf que quand le motard a démarré sa bécane en poussant les gaz à fond, que la chaîne a cliqueté avant de se tendre, et qu'un boucan du diable a submergé la base silencieuse, monsieur je-ne-suis-pas-un-bébé a plaqué ses mains sur ses oreilles.

— On est cuits ! a-t-il geint en fermant les yeux.

J'ai eu la sale impression qu'il n'avait pas tort, sur

ce coup-là. La grille émettait des grincements menaçants sans pour autant bouger d'un millimètre. Les rugissements de la Harley s'étaient transformés en hurlements stridents à vous vriller les tympans tandis que ses roues expédiaient des tonnes de terre et d'herbe dans la pièce déjà jonchée de verre.

Un instant, j'ai bien cru que ça n'allait pas marcher. Ou alors que, alertés par le vacarme, le colonel Jenkins et ses hommes allaient nous tomber dessus avant que nous ayons eu le temps de décamper. La grille était trop bien scellée dans le béton du cadre de la fenêtre. Loin de moi l'idée de critiquer (Rob faisait de son mieux, après tout), mais ça avait vraiment l'allure d'une cause perdue. Surtout quand Sean a enfoncé ses doigts dans mon bras et m'a soufflé :

— Écoute !

J'ai tendu l'oreille. Par-dessus les vrombissements de la moto, j'ai perçu le bruit de clés qui tâtonnaient dans la serrure de la porte.

Le pire, dans tout ça, c'est que, par ma faute, nos sauveteurs risquaient de s'attirer des ennuis. Rob finirait-il en prison ? Et pour combien de temps ? À quelle sentence était-on condamné lorsqu'on avait aidé une fille aux pouvoirs métapsychiques à tenter de s'évader d'une enceinte militaire ?

C'est alors que, dans un crissement évoquant des milliers d'ongles glissant sur un tableau long d'un kilomètre, la grille a jailli de son cadre et s'en est allée labourer la pelouse jusqu'à ce que le motard écrase le frein.

— Viens ! m'a dit Rob en se penchant pour m'attraper.

— Lui d'abord, ai-je répondu en poussant Sean devant moi.

— Non, toi, a protesté ce dernier dans un effort pour se montrer chevaleresque.

Sans lui laisser l'occasion de barguigner plus avant, Rob s'est emparé de lui, l'a soulevé et l'a déposé dehors. Ce qui m'a donné le temps de récupérer mon sac à dos – que l'Agent Spécial Smith m'avait si gentiment rendu – avant de me jeter à mon tour par la fenêtre. Juste au moment où le verrou de la porte de l'infirmerie cliquetait.

À l'extérieur, c'était une nuit humide de printemps, silencieuse et calme... sauf pour le grondement des motos, s'entend. J'ai été époustouflée de constater que, en plus des amis de Rob rencontrés chez *Chick*, Greg Wylie et Hank Wendell, mes vieilles connaissances du dernier rang des collés, étaient également présents, grimpés sur des bécanes d'enfer. Je l'avoue, j'ai eu la larme à l'œil. J'ignorais que j'étais aussi appréciée par mes camarades apprentis délinquants juvéniles.

Sean, lui, était loin d'être impressionné.

— Tu te fiches de moi, ou quoi ? a-t-il grogné après avoir découvert nos chevaliers blancs.

— Écoute, ai-je répliqué en enfilant le casque que Rob m'avait donné. Ce sont ces mecs ou ton père. Choisis.

— Ben ma vieille, a-t-il maugréé en secouant la tête, t'es drôlement dure en affaires.

Hank Wendell lui a tendu un casque.

— Tiens, le môme.

Il s'est poussé pour lui laisser de la place et lui a ordonné de grimper en selle. J'ignore si Sean se serait exécuté si, à ce moment-là, une sirène à vous rendre sourdingue n'avait retenti. Un des gars du *Chick*, Frankie, celui qui avait un bébé tatoué sur son biceps, a crié :

— Y a la cavalerie qui rapplique !

Une seconde plus tard, des soldats sautaient par la fenêtre dévastée de l'infirmerie en nous criant de nous arrêter. Des phares se sont allumés, sur le parking.

— Accroche-toi ! m'a conseillé Rob tandis que je bondissais à califourchon sur l'Indian et enroulais mes bras autour du torse de mon cavalier des temps modernes.

— Halte ! a lancé une voix masculine.

J'ai jeté un coup d'œil par-dessus mon épaule. Une jeep fonçait dans notre direction. À bord, un mec tenait un mégaphone dans lequel il s'égosillait. Derrière lui, les bâtiments de la base s'illuminaient les uns derrière les autres, et des gens sortaient en courant pour voir ce qui se passait.

— Vous avez enfreint une propriété du gouvernement des États-Unis, a braillé le gars au mégaphone. Arrêtez vos moteurs immédiatement !

Soudain, la nuit a été déchirée par une déflagration qui a secoué le sol. Au-dessus de la piste d'atterrissage, une boule de feu a grimpé dans le ciel. Tout le monde a courbé la tête. Sauf Frankie et le type au tatouage de Têt, qui s'en sont tapés cinq, tout contents.

— Hourra ! s'est écrié Frankie. Je n'ai pas encore perdu la main.

— Bon sang ! Qu'est-ce que c'était ? ai-je hurlé tandis que Rob mettait les gaz.

— Un hélicoptère ! Juste une petite tactique de diversion pour tromper l'ennemi.

— Tu fais péter un hélico et tu refuses de sortir avec moi ? me suis-je exclamée, indignée. T'es malade ou quoi ?

Mais je n'ai pas eu le loisir d'exposer mes griefs plus longtemps, car Rob a accéléré. Brusquement, nous foncions à travers les masses sombres des divers bâtiments formant Crane, en direction de la sortie. Le ciel nocturne rougeoyait désormais des lueurs de l'hélicoptère incendié. De nouvelles sirènes ont retenti, celles des pompiers sans doute, envoyés pour éteindre les flammes. Des projecteurs fouillaient les nuages bas.

Tout ça pour sortir d'une infirmerie un petit garçon et une fille dotée de pouvoirs médiumniques, ai-je songé avec exaltation.

Nous n'avions pas réussi à semer le mec en jeep. Il nous collait au train en continuant à vociférer dans son mégaphone pour que nous nous arrêtions. Compte dessus, mon vieux ! Au lieu d'obéir, Rob et ses copains ont appuyé sur le champignon.

Eh oui, je l'avoue sans vergogne : j'ai adoré. Enfin, j'allais suffisamment vite à mon goût. *Enfin !*

Soudain, à une centaine de mètres de la grille principale, Rob a stoppé. Ses amis l'ont imité. Un instant, nous sommes restés là, les six motards, Rob, Sean et moi, moteurs grondant, regardant droit devant nous. Les lueurs de l'incendie au-dessus de la piste d'atterrissage éclairaient la longue route menant aux portes de la base. Je me suis brusquement souvenue qu'elles étaient gardées par des sentinelles. Armées, qui plus est. Je n'avais aucune idée de la façon dont Rob et les autres avaient réussi à pénétrer dans Crane sans être repérés, et je n'en avais pas plus quant à la manière dont nous allions filer d'ici sans qu'elles nous remarquent. Je n'avais qu'une obsession – ils avaient fait sauter un hélico. Omondieu ! Ils avaient fait sauter un hélico. *Un hélico !*

Ce qui était sans doute une bonne chose en fin de

compte, car il n'y avait personne pour nous empêcher de partir. Tout le monde s'était rué vers l'incendie pour tenter d'y mettre fin.

Mis à part le type en jeep derrière nous.

— Coupez vos moteurs et levez les mains ! a-t-il ordonné.

L'ignorant, Rob a remis les gaz, et nous avons bondi en avant, droit sur les grilles.

Qui étaient ouvertes.

Tout à coup, une silhouette en robe de chambre a traversé la route à grandes enjambées et s'est postée devant la sortie. J'ai aussitôt reconnu de qui il s'agissait. Le colonel Jenkins brandissait lui aussi un mégaphone.

— Halte ! a-t-il lancé d'une voix assourdissante qui est parvenue à dominer le rugissement des moteurs et le ululement des sirènes. Vous êtes en état d'arrestation. Descendez de moto !

Il se tenait juste devant les grilles. Sa robe de chambre s'était ouverte, et j'ai eu le temps de remarquer qu'il portait un pyjama bleu clair.

Plutôt que de ralentir, Rob a encore accéléré.

— Descendez de moto ! a répété le colonel Jenkins. Vous m'avez compris ? Vous êtes en état d'arrestation. Stop !

Les gardes ont tout à coup surgi de l'obscurité, fusils en main. Ils ne les ont pas pointés sur nous, mais se sont placés de chaque côté du colonel. Aucun des membres de notre équipée sauvage n'a paru impressionné. Au contraire, Greg et Hank ont poussé des cris de joie et ont foncé à toute berzingue sur les trois hommes. J'ignore ce qu'ils comptaient faire une fois qu'ils seraient à leur hauteur. Visiblement, les militaires n'avaient pas l'intention de s'écarter pour nous laisser passer. Eux ne rigolaient pas. Et ils étaient armés.

Le colonel Jenkins a sans doute fini par comprendre que personne n'allait lui obéir. Baissant son mégaphone, il a adressé un signe de tête aux deux sbires. Resserrant mes bras autour de Rob, j'ai baissé la tête, trop effrayée pour regarder. Ils se contenteraient sûrement de tirer en l'air, en guise d'avertissement. Ils n'allaient tout de même pas...

Je n'ai cependant jamais su s'ils nous auraient dégommés comme des lapins, car Rob a brutalement tourné...

Soudain, nous avions quitté l'enceinte de la base. Pas par la grille principale, mais par un vaste trou qui avait été soigneusement découpé dans la clôture, à côté de l'entrée. C'était par-là que Rob et ses potes étaient passés, à l'insu des sentinelles. Il leur avait suffi pour cela d'une bonne dose de détermination, d'une paire de cisailles et d'un peu d'expérience en matière d'effraction.

Une fois hors de Crane, nous avons plongé dans l'obscurité de la nuit, seulement trouée désormais par les phares des motos. Jetant un coup d'œil par-dessus mon épaule, j'ai constaté que la jeep nous suivait toujours. Le gars n'avait pas renoncé à nous arrêter. Comment il comptait s'y prendre était une autre affaire.

J'ai prévenu Rob, qui s'est marré. La route menant à la base était peu fréquentée, sauf par les militaires. Tout autour de nous s'étendaient des terres agricoles et, au-delà, des collines boisées. C'est vers elles que Rob, entraînant sa bande, a soudain bifurqué, quittant la chaussée pour foncer en plein champ. Comme nous n'étions qu'au printemps, les épis de maïs n'arrivaient qu'à hauteur de cheville.

La jeep a cahoté derrière nous, mais c'était moins aisé pour elle que pour nous. Le colonel avait dû être averti, parce que des véhicules tout-terrain ont bientôt pris le relais. Aucune importance cependant. Agiles comme des lucioles, nous les avons distancés. Aucune bagnole n'aurait été capable de tenir le rythme des motos. Seul l'hélicoptère aurait eu une petite chance et, pour des raisons évidentes, ça ne risquait pas de se produire.

Enfin, nous les avons semés. Je ne sais pas s'ils ont carrément abandonné la partie, ont été rappelés à la base ou autre chose. Quoi qu'il en soit, nous avons fini par nous retrouver seuls.

Nous avions réussi !

Par prudence, nous avons néanmoins continué

notre chemin en nous cantonnant aux routes secondaires. Je suis à peu près certaine qu'on ne nous suivait pas. Nous nous sommes d'ailleurs arrêtés plusieurs fois pour le vérifier, dans les bourgades endormies que nous traversions, le genre de bled où le seul magasin est une station-service désuète flanquée d'une modeste épicerie, et où les moteurs des bécanes incitaient les chiens enchaînés dans les cours à aboyer et les lampes de chevet à s'allumer.

Il n'y avait rien derrière nous, rien mis à part de longs rubans de bitume qui sinuaient comme des torrents sous le ciel bas.

Marco.

Polo.

Nous étions libres.

20

Rob nous a conduits chez lui.

Pas Greg, Hank et les autres. Eux, j'ignore complètement où ils sont allés. Enfin, ce n'est pas tout à fait exact – j'ai dans l'idée qu'ils ont filé s'en jeter quelques-uns derrière la cravate chez *Chick*, histoire de fêter la réussite de leur effraction d'une propriété gouvernementale, réputée pourtant aussi inviolable que la Zone 51 dans l'esprit de certains. Naïfs n'ayant clairement jamais fréquenté un des collés du dernier rang du lycée Ernest-Pyle.

Sean et moi ne nous sommes pas joints aux réjouissances. Nous sommes allés chez Rob.

J'ai été surprise de constater où il habitait. Une ferme, pas très grande, même si c'était difficile à juger dans l'obscurité, construite à peu près à la même époque que ma maison de Lumley Lane. Mais parce qu'elle était située du mauvais côté de la ville, personne n'avait pris la peine de venir y apposer une plaque la désignant comme monument historique.

Et pourtant, c'était une belle petite baraque, flanquée d'un porche devant et d'une grange derrière. Rob y vivait seul avec sa mère. Je ne savais pas ce qu'il était advenu de son père, et je n'avais aucune envie de m'en enquérir.

Nous nous sommes glissés très doucement à l'intérieur pour ne pas réveiller Mme Wilkins, licenciée de fraîche date de l'usine d'assemblage de pièces plastiques. Rob m'a indiqué que je dormirais dans sa chambre, puis il a rassemblé tout un tas de couvertures et de machins pour lui et Sean, qui logeraient dans la grange.

Perspective qui n'a pas semblé enchanter particulièrement Sean. Mais il était si fatigué qu'il avait du mal à garder les yeux ouverts. Il suivait Rob partout comme un petit zombie.

D'ailleurs, j'avais moi aussi tout du petit zombie, et j'éprouvais des difficultés à mesurer l'ampleur de ce que nous venions d'accomplir. Une fois déshabillée, je me suis couchée dans le lit de Rob et j'y ai réfléchi. Nous avons saccagé un bien immobilier appartenant à l'État, défié les ordres d'un colonel de l'armée américaine et détruit un hélicoptère.

Nous allions avoir de sacrés ennuis le lendemain matin.

J'étais néanmoins si épuisée que je ne suis pas parvenue à m'en inquiéter. J'étais beaucoup plus intriguée par les émotions bizarres que provoquait en moi le fait de coucher dans la chambre d'un garçon. Un garçon qui n'était pas un de mes frères, s'entend. J'avais aussi pas mal fréquenté l'antre de Skip – chez Ruth, vous savez –, qui n'avait rien à voir avec la piaule de Rob. Pour commencer, ce dernier n'avait accroché aucun poster de Trans Am aux murs. Ni planqué de *Playboy* sous son lit (j'ai vérifié). Et pourtant, cet endroit restait éminemment masculin. Genre draps à carreaux, par exemple. Pas de quoi rassurer une jeune fille de bonne famille. Mais son oreiller avait son odeur, ce qui était bon et très réconfortant. Je ne pourrais vous la décrire en détail, ce serait trop difficile. Contentez-vous de savoir qu'elle était agréable.

Malheureusement, je n'ai pas eu tellement le temps d'en profiter, parce que je m'étais à peine allongée que je me suis endormie. Et ne me suis réveillée que bien plus tard.

Il était environ midi. J'ai mis un moment à me rappeler où j'étais. Puis ça m'est revenu.

J'étais dans la chambre de Rob. Chez lui.

Et j'étais recherchée par le FBI.

Pas qu'eux d'ailleurs. L'armée des États-Unis était également à mes trousses.

Je n'aurais pas été autrement étonnée que les

services secrets, les douanes et la gendarmerie de l'Indiana réclament aussi leur part du gâteau (moi, miam !).

Or, à la minute où j'ai ouvert les yeux, j'ai compris comment j'allais régler tout ça. Intéressant, non ?

Ce n'est pas tous les matins qu'une fille se réveille en sachant qu'elle est traquée par le bureau fédéral chargé du respect des lois de l'État le plus puissant du monde. Un instant, j'ai caressé l'idée de rester couchée pour savourer à fond la situation, mais j'étais comme qui dirait soucieuse de l'impression que cela produirait sur Mme Wilkins qui, si je la jouais fine, risquait de devenir ma belle-mère un de ces jours prochains. Ne tenant pas à ce qu'elle me prenne pour une grosse feignante, je me suis donc levée, me suis habillée et suis descendue au rez-de-chaussée.

Sean et Rob étaient déjà attablés dans la cuisine. Devant eux s'amoncelait une quantité pantagruélique de nourriture. Des tartines, des œufs au bacon, des céréales, et un bol rempli d'un machin blanc que je n'ai pas identifié. L'assiette de Rob étant vide, j'en ai conclu qu'il avait terminé son petit déjeuner. En revanche, Sean continuait à s'empiffrer. Si voulez mon avis, ce gamin n'aura jamais terminé de manger. Enfin, pas tant qu'il sera empêtré dans sa puberté.

— Salut, Jess ! a-t-il lancé quand je suis entrée.

Il semblait drôlement plus en forme que durant les

dernières vingt-quatre heures que j'avais passées en sa compagnie.

— Salut ! ai-je répondu.

Une femme rondelette qui se tenait près de la cuisinière m'a souri. Elle était dotée d'une masse de cheveux rouges empilés sur le sommet de sa tête et retenus par une barrette, et ne ressemblait en rien à son fils Rob. Jusqu'à ce qu'un rayon de soleil franchisse la fenêtre sous laquelle était installé l'évier et n'éclaire son visage. J'ai alors pu constater qu'elle avait les mêmes yeux que lui, d'un bleu si pâle qu'ils paraissaient avoir la couleur du brouillard.

— Tu dois être Jess, a-t-elle dit. Prends une chaise et pose-toi. Tu les aimes comment, tes œufs ?

— Euh... brouillés. Merci, madame.

— Ils sont tout frais, a cru bon de m'informer Sean. Ils arrivent tout droit du poulailler. J'ai aidé à les ramasser.

— Ton ami Sean est un vrai petit fermier, a renchéri Mme Wilkins. Bientôt, il va nous traire les vaches, si l'on n'y prend pas garde.

Sean a rigolé. Je l'ai dévisagé, éberluée. Il avait *ri*. Avec un choc, je me suis rendu compte que c'était la première fois que je le voyais heureux.

Mme Wilkins a déposé une assiette devant moi.

— Tiens, mange ! J'ai l'impression qu'un bon petit-déjeuner campagnard ne te fera pas de mal.

Je n'avais encore jamais mangé d'œufs frais, et je

craignais un peu qu'ils ne contiennent un fœtus de poulet à moitié formé. Ce n'était pas le cas. Ils étaient vraiment excellents, et quand Mme Wilkins m'a proposé du rab, j'ai accepté avec plaisir. Ce qui m'a donné l'occasion de découvrir que j'étais affamée. J'ai même goûté au machin blanc que la mère de Rob avait mis dans mon assiette. Ça ressemblait à la semoule de blé que mon père, petits, nous forçait toujours à avaler avant de partir à l'école, les jours de grand froid. Mais ce n'en était pas. C'était, m'a précisé Rob avec un sourire narquois, du gruau d'avoine. Dois-je vous rappeler que l'autre surnom des Culs-Terreux est Bouffeurs-d'Avoine ?

J'ai regretté l'absence de Ruth. J'imaginais sa tronche.

Après avoir aidé Mme Wilkins à laver la vaisselle, j'ai cependant décidé que la rigolade était terminée. Il était temps de passer aux choses sérieuses.

— J'ai besoin d'un téléphone, ai-je annoncé.

Mme Wilkins m'a aussitôt proposé d'utiliser celui de la cuisine.

— Non merci, ai-je décliné. Mieux vaut que j'aille dans une cabine, pour cet appel-là.

— Que mijotes-tu ? m'a demandé Rob en me dévisageant avec suspicion.

J'ai joué les innocentes.

— Rien qu'un petit coup de fil. Il y a une cabine, dans le coin ?

— Il y a celle près de la route, a réfléchi Mme Wilkins. Près de la supérette.

— Parfait. Tu peux m'y emmener, Rob ?

Il a acquiescé, et nous nous sommes levés. Sean aussi.

— Non, non, ai-je lancé. Pas question. Toi, tu restes ici.

— Quoi ? s'est-il exclamé, interloqué.

— L'endroit doit grouiller de flics à la recherche d'une fille de seize ans et d'un garçon de douze, ai-je expliqué. Ils nous repéreront au premier coup d'œil. Tu attends que je revienne.

— Mais c'est pas juste ! a protesté Sean, des trémolos dans la voix.

La moutarde a commencé à me monter au nez, mais au lieu d'envoyer paître le drôle, je l'ai pris par le bras et l'ai entraîné sur la véranda de derrière.

— Écoute, ai-je chuchoté de façon à ce que Rob et sa mère n'entendent pas, tu veux que les choses redeviennent comme avant, non ? Toi et ta mère, réunis, sans ton père sur votre dos.

— Oui, a-t-il admis, bougon.

— Alors, laisse-moi agir à ma guise. Et pour ça, j'ai besoin d'être seule.

Sean avait raison à propos d'une chose au moins : s'il n'était pas très grand pour son âge, il n'était pas pour autant petit. Je le dominais à peine, même. Voilà pourquoi il a réussi à me fixer droit dans les yeux et à me lancer, accusateur :

— Ce mec est vraiment ton petit copain, hein ?

Allons bon, qu'est-ce que ça venait faire sur le tapis ?

— Non. Je te le répète, nous sommes juste des amis.

— Bon.

Sur ce, il est rentré dans la maison, tout ragaillardi.

Non mais les hommes, je vous jure, je ne les comprendrai jamais !

Dix minutes plus tard, je me tenais devant la supérette, l'écouteur d'un téléphone antédiluvien plaqué sur l'oreille. J'ai composé le numéro. Soigneusement.

0800-TEOULA.

J'ai demandé à parler à Rosemary.

— Salut, ai-je annoncé, c'est Jess.

— Jess ! s'est-elle exclamée avant de baisser d'un ton et de murmurer : Omondieu ! C'est vraiment toi ?

— Ben oui, pourquoi ?

— Toutes sortes de nouvelles contradictoires à ton sujet circulent, chérie.

— Ah bon ?

J'ai jeté un coup d'œil à Rob. Il était en train de faire le plein de l'Indian à l'unique pompe à essence. Nous n'avions pas regardé les informations, et

Mme Wilkins n'était abonnée à aucun journal. J'avais hâte d'apprendre ce qu'ils racontaient sur moi.

— Lesquelles ? ai-je donc ajouté.

— Eh bien, il paraît que, cette nuit, un groupe de Hell's Angels ont investi la base militaire de Crane et vous ont enlevés, toi et le petit Sean O'Hanahan.

— Quoi ? ai-je braillé, si fort que Rob s'est retourné. Ce n'est pas comme ça que ça s'est passé, me suis-je empressée d'expliquer. Ces mecs nous ont juste aidés à fuir. Sean et moi étions retenus là-bas contre notre volonté.

— En tout cas, ce n'est pas ce que raconte ce type... comment s'appelle-t-il ? Johnson, je crois. C'est ça. L'Agent Spécial Johnson a une tout autre version de l'affaire. Tu sais qu'ils offrent une récompense à qui te retrouvera ?

Hum, intéressant.

— Combien ?

— Vingt mille dollars.

— Chacun ?

— Non, seulement pour toi. Le père de Sean propose cent mille dollars pour son fils.

J'ai failli raccrocher tant j'étais écœurée.

— Vingt mille dollars ? Mais c'est minable ! Je ne vaux donc pas plus pour eux ? Les nuls. Tant pis pour eux, ils l'auront voulu. C'est la guerre !

— Je serais prudente, si j'étais toi, m'a conseillé

Rosemary. Ils ont placardé des avis de recherche dans tout l'Indiana. La chasse à l'homme a commencé.

— J'en suis sûre. Bon, écoutez, Rosemary, j'aimerais que vous me rendiez un service.

— Tout ce que tu voudras, chérie.

— Transmettez un message de ma part à l'Agent Spécial Johnson.

Je lui ai expliqué en détail ce que je souhaitais communiquer aux autorités.

— D'accord, a-t-elle dit une fois que j'ai eu fini. Compte sur moi. Une dernière chose, Jess.

— Oui ?

— Tiens bon, chérie. Nous sommes tous avec toi.

J'ai raccroché puis suis allée rapporter à Rob les mensonges de l'Agent Spécial Johnson quant à mon prétendu enlèvement, sans parler de la récompense ridicule qu'ils offraient pour ma capture. Rob était aussi furieux que moi. Maintenant que nous savions que j'étais traquée, et qu'on faisait porter le chapeau aux Hell's Angels pour ce qui s'était passé à Crane, nous sommes convenus que ce ne serait pas une très bonne idée que je me balade dans le coin sur la moto de Rob. Nous sommes donc rentrés dare-dare chez sa mère. D'abord, j'ai quand même pris la peine de passer un deuxième coup de fil, d'une autre cabine, située près d'une autre supérette.

Mon père se trouvait à son poste habituel à cette

heure de la journée. Le *Joe* est toujours bondé au déjeuner, à cause de la proximité du tribunal.

— P'pa ? C'est moi.

Il a manqué de s'étouffer avec le plat du jour qu'il goûte systématiquement.

— Jess ? a-t-il crié. Tu vas bien ? Où es-tu ?

— Bien sûr, que je vais bien. Et maintenant, j'ai besoin d'un service.

— Qu'est-ce que tu racontes ? *Où es-tu ?* Ta mère et moi sommes morts d'inquiétude. Les types de Crane disent que...

— Je suis au courant. Une bande de Hell's Angels nous auraient enlevés, Sean et moi. C'est un ramassis de mensonges. Ces gars nous ont sauvés, plutôt. Tu sais ce que les Agents Spéciaux Johnson et Smith et ce colonel Jenkins voulaient faire de moi ? Un dauphin !

— Un quoi ? s'est étranglé mon père.

Rob m'a soudain donné un coup de coude dans les côtes. Me retournant, j'ai découvert, horrifiée, qu'une voiture de police de l'Indiana se rangeait sur le parking de la supérette.

— Écoute, p'pa, ai-je repris en baissant la tête. Il faut que j'y aille. Je te demande juste une petite chose.

Je lui ai exposé ce que j'attendais de lui. Le moins que l'on puisse dire, c'est qu'il n'était pas très enthousiaste.

— Tu as perdu l'esprit, ou quoi ? s'est-il emporté. Jessica, je...

Aucun membre de ma famille ne m'appelle jamais Jessica. À moins qu'il ne soit particulièrement irrité après moi.

— S'il te plaît, p'pa, l'ai-je supplié. C'est vraiment important. Je t'expliquerai plus tard. Bon, je dois raccrocher.

— Jessica, je t'ordonne de...

J'ai coupé la communication.

Rob s'était prudemment éloigné pour éviter que les flics ne fassent le rapprochement entre lui et la jeune fille qui téléphonait. Apparemment, la stratégie avait fonctionné, car l'un d'eux m'a même saluée d'un hochement du menton avant d'entrer dans la boutique.

— Belle journée ! m'a-t-il lancé.

Dès qu'ils ont eu été hors de vue, Rob et moi avons filé. Nous sortions du parking, quand ces balourds se sont rendu compte de leur erreur et se sont précipités dehors. J'ai eu le temps de voir qu'ils se disputaient. La seconde d'après, ils bondissaient dans leur voiture et démarraient, toutes sirènes hurlantes.

Je me suis accrochée plus fermement à Rob.

— Nous avons de la compagnie, lui ai-je annoncé.

— Ça ne va pas durer, m'a-t-il rassurée.

Et en effet, tout à coup, nous avons quitté la route pour plonger dans un ravin, des buissons et des ronces déchirant nos vêtements au passage. Une fois en bas, nous avons suivi le lit d'une petite rivière dans un festival d'éclaboussures. Au-dessus de nous, la bagnole de police nous suivait tant bien que mal. Le cours d'eau n'a cependant pas tardé à s'éloigner de la route, et la bagnole de patrouille à disparaître au loin. Très vite, je n'ai même plus entendu sa sirène.

Lorsque Rob a enfin quitté le ruisseau et s'est arrêté en haut du talus, j'étais trempée jusqu'à la taille, et le moteur de l'Indian émettait de drôles de bruits. Mais nous étions sains et saufs.

— Tout va bien ? m'a demandé Rob.

J'essorais le bas de mon T-shirt.

— Génial. Je suis désolée, tu sais.

Accroupi près de la roue avant, il retirait les brindilles et les mauvaises herbes qui s'étaient emmêlées dans les rayons pendant notre fuite éperdue.

— Désolée de quoi ?

— De t'impliquer dans tout ça. Je n'ai pas oublié que tu es en période de mise à l'épreuve. Cacher une paire de fugitifs est la dernière chose dont tu as besoin. Que se passerait-il s'ils te prenaient la main dans le sac ? Ils te colleraient sûrement en prison en jetant la clé. Enfin, tout dépend évidemment de la raison pour laquelle tu as été condamné à cette mise à l'épreuve.

Il s'était déplacé au niveau du pneu arrière. Levant

la tête vers moi, il a plissé les yeux. Le soleil éclatant accentuait les arêtes de son visage.

— T'as fini ? a-t-il lancé.

— Fini quoi ?

— D'essayer de m'embobiner pour que je te révèle la raison pour laquelle je suis en mise à l'épreuve.

— Tu délires ? me suis-je indignée, poings sur les hanches. Je tâche seulement de te dire que je suis consciente du grand sacrifice que tu fais en nous aidant, Sean et moi, et que je l'apprécie à sa juste valeur.

— Ben voyons !

Il s'est redressé. Une des brindilles qu'il avait ôtées de la roue avait éclaboussé ses joues. Il s'est essuyé avec le bas de son T-shirt, hasard qui m'a permis de contempler son estomac. La vision de ces abdos parfaits soulignés par la mince ligne de poils sombres qui remontait à son nombril m'a quelque peu ébranlée. Ça a été plus fort que moi. Soudain, je me suis retrouvée sur la pointe des pieds en train de lui infliger un bouche-à-bouche dont il n'avait sûrement pas besoin. Voilà qui ne me ressemble guère, et jamais je ne me serais crue capable d'un tel geste. L'empire des sens, que voulez-vous...

D'abord, Rob a paru vaguement surpris, mais il s'est vite ressaisi et m'a rendu fougueusement mon baiser. Je me suis retrouvée en plein *Blanche-Neige*, le passage où tous les animaux des bois surgissent de la forêt et se mettent à chanter lorsque le prince charmant l'installe sur la selle de son cheval. Pendant une minute, ça a vraiment été ça. Mon cœur chantait exactement comme un de ces fichus écureuils.

Puis Rob a entrepris de désenlacer mes bras de sa nuque.

— Nom d'un chien, Mastriani ! Qu'est-ce que tu fiches, là ?

Réflexion qui, croyez-en ma parole, a eu le don de rompre le charme plutôt brutalement. Car enfin, jamais le prince charmant n'aurait prononcé des mots pareils. J'aurais d'ailleurs été folle de rage si je n'avais remarqué que sa voix tremblait.

— Rien du tout, me suis-je défendue, incarnation de l'innocence la plus pure.

— Eh bien, je te conseille d'arrêter tes riens du tout. Nous avons du boulot. Ce n'est pas le moment de batifoler.

J'ai aussitôt précisé que batifoler était une activité des plus attrayantes.

— J'ai assez d'ennuis comme ça sans que tu en rajoutes, a-t-il rétorqué en prenant mon casque et en me l'enfonçant sur le crâne. Et ne recommence jamais ça devant le môme.

— Quel môme ? Qu'est-ce que tu racontes ?

— *Le* môme. O'Hanahan. Tu es aveugle ou quoi, Mastriani ? Il est raide de toi.

Relevant la visière de mon casque, je l'ai dévisagé.

— Sean est raide de moi ? me suis-je exclamée, éberluée.

Cependant que, soudain, les questions que le moutard m'avaient posées au sujet de Rob prenaient tout leur sens.

— Nom de Dieu ! ai-je soupiré.

— Comme tu dis. Il t'adore, Mastriani.

— Ah bon ? Eh bien, rien dans son comportement jusqu'ici ne le laissait soupçonner. Il t'a vraiment avoué qu'il m'adorait ?

Grimpant sur la moto, Rob a mis le contact.

— Mes propres sentiments ont peut-être tendance à brouiller les choses, a-t-il répondu.

Brusquement, les petits oiseaux et les écureuils se sont remis à chanter.

— Tu m'adores toi aussi ? ai-je insisté, aux anges.

Il a donné un coup sur mon casque. Ça a résonné à travers tout mon crâne et m'a bien vite ramenée sur terre.

— Monte, Mastriani, a éludé Rob.

Quand nous sommes arrivés chez lui, Sean et Mme Wilkins écossaient des petits pois en regardant l'émission de Ricki Lake[1]. À peine étais-je entrée que Sean m'a sauté dessus.

---

1. Actrice animant un talk-show destiné aux adolescents et abordant des thèmes comme « la première fois », la guerre des gangs, les grossesses précoces, etc.

— Où étais-tu passé, Jess ? Tu as manqué quelque chose. Il y a un type, il pesait deux cents kilos, eh ben il est resté coincé dans sa baignoire pendant quarante-huit heures ! Si tu étais revenue plus tôt, tu aurais même pu le voir !

Si c'était pas de l'amour, ça ?

Ça allait être plus difficile que je l'avais pensé.

21

La fanfare jouait *Louie, Louie*[1].

Pas très juste, si je puis me permettre cet avis d'amateur éclairé.

Pourtant, Sean et moi sommes courageusement restés assis sur les gradins métalliques, ceux-là mêmes sous lesquels j'avais été foudroyée, une dizaine de jours plus tôt. À nos pieds s'étalait le stade, océan d'un vert envoûtant sur lequel défilait un troupeau de musiciens qui jouaient de tout leur cœur, bien qu'il ne s'agisse que d'une répétition habituelle et pas du jour J. La saison de foot était terminée depuis belle lurette, mais le bal de fin d'année approchait, et la fanfare était censée ouvrir les festivités.

1. Célèbre chanson datant de 1957, controversée (ses paroles seraient obscènes), elle demeure néanmoins l'un des titres les plus repris aux États-Unis.

Restait à prier pour qu'elle s'attaque à un autre morceau que *Louie, Louie.*

— Je ne pige pas, a ronchonné Sean. Qu'est-ce qu'on fabrique ici ?

— Patiente, tu vas voir.

Nous n'étions pas les seuls spectateurs. Un gars était là également, très, très haut derrière nous.

J'ignorais si Rosemary avait réussi à transmettre mon message à l'Agent Spécial Johnson ou si ce dernier avait choisi de n'y prêter aucune attention. Auquel cas, il commettait une grave erreur. Du moins, le mec installé en haut des tribunes allait s'arranger pour que ça en devienne une.

— Pourquoi ne me dis-tu pas ce que nous fichons ici ? a continué à râler Sean. Il me semble que j'ai le droit de savoir.

— Tais-toi et bois ta limonade.

L'air était étouffant. Le soleil de cette fin d'après-midi nous chauffait le caillou. Je n'avais ni lunettes noires ni chapeau, et j'étais à deux doigts de défaillir. Je m'inquiétais pour le môme. Je ne tenais pas à ce qu'il se chope une insolation.

— J'en veux pas, de cette stupide limonade, a-t-il bougonné. Je veux comprendre ce que nous fabriquons ici.

— Regarde la fanfare.

— Elle est nulle, ta fanfare, a-t-il riposté en me toisant.

Les douches répétées avaient fini par éliminer l'essentiel de sa teinture. Heureusement cependant qu'il avait autorisé Mme Wilkins à lui couper les cheveux, sinon les mèches brunes s'échappant encore de sous sa casquette l'auraient immédiatement trahi.

— Qu'est-ce qu'on fait ici, a-t-il seriné pour la énième fois. Et qu'est-ce que Jed attend, là-bas ?

Jed était un des potes de Rob fréquentant le *Chick*, celui du tatouage vietnamien. Il était installé dans une camionnette garée pas très loin de nous, derrière les gradins. Presque à la même place que celle où l'éclair m'avait frappée, d'ailleurs. C'était un endroit à l'ombre. Le veinard ne dégoulinait sûrement pas de transpiration, contrairement à moi.

— Du calme, mon gars, ai-je conseillé à Sean.

— Nan ! Je ne me calmerai pas. J'estime que je mérite une explication. Tu vas m'en donner une, oui ou crotte ?

Un brusque reflet de soleil m'a tiré l'œil. La main en visière, j'ai scruté le parking. Une berline noire venait d'y pénétrer. *Louie, Louie* s'est achevé. La fanfare a entamé une version enflammée de *Simply Irresistible*, de Robert Palmer.

— Pourquoi n'es-tu pas dans la fanfare ? m'a soudain demandé Sean. Après tout, tu joues de la flûte.

La voiture s'est arrêtée. Les deux portières avant se sont ouvertes, et un couple est apparu. Puis, une autre femme est sortie de l'arrière du véhicule.

— Parce que je suis déjà dans l'orchestre, ai-je répondu à Sean.

— C'est quoi la différence ?

— Dans l'orchestre, tu joues assis.

— C'est tout ?

Le couple a encadré sa passagère, et tous trois ont commencé à traverser le terrain de foot, en direction de Sean et moi.

— L'orchestre ne se produit pas pour les événements du lycée, comme les matchs, les bals ou autres.

— Ben vous jouez où, alors ?

— Nulle part. Nous donnons des concerts de temps en temps, c'est tout.

— Et tu trouves ça drôle ?

— J'en sais rien. De toute façon, je ne pourrais pas faire partie de la fanfare. Je suis toujours collée au moment des répétitions.

— Pourquoi ça ?

— Parce que je suis une grosse vilaine.

Le trio s'était suffisamment rapproché pour que j'en distingue les visages. Il s'agissait bien de ceux que j'attendais. Rosemary avait réussi sa mission.

— Comment ça ? a insisté Sean.

— Je frappe les gens, ai-je expliqué en mettant la main dans la poche arrière de mon jean.

— Et alors ? s'est indigné le gamin. Ils le méritent sûrement.

— C'est aussi mon avis. Écoute, Sean, je voudrais

que tu prennes ça. C'est pour toi et ta mère. Jed va vous conduire à l'aéroport, où vous prendrez un avion, n'importe lequel, et décamperez d'ici. Ne contactez personne et ne vous arrêtez sous aucun prétexte. Vous achèterez ce dont vous avez besoin quand vous serez arrivés à destination. Compris ?

Il a contemplé l'enveloppe que je lui tendais avant de me dévisager.

— Qu'est-ce que c'est que ce délire ?

— Toi et ta mère allez repartir de zéro, tous les deux ensemble, ailleurs. Très loin d'ici, j'espère, à un endroit où ton père ne vous dénichera pas. Ceci vous aidera à démarrer.

J'ai enfoncé l'enveloppe dans la poche de sa veste. Il a secoué la tête, les traits déformés par tout un tas d'émotions, apparemment contradictoires.

— Hé, Jess, a-t-il objecté, ma mère est encore en prison, je te signale.

— Plus maintenant.

J'ai tendu le doigt.

Les trois personnes étaient assez près désormais pour qu'on les identifie sans hésitation. L'Agent Spécial Johnson, l'Agent Spécial Smith et, entre eux, une femme mince en jean. La mère de Sean. Ce dernier a regardé. Il a cessé de respirer. Puis il s'est tourné vers moi pour me fixer. Les émotions contradictoires étaient faciles à déchiffrer maintenant – de la joie mêlée d'inquiétude.

— Qu'as-tu fait ? a-t-il chuchoté. Qu'as-tu fait, Jess ?

— J'ai passé un petit marché. Ne t'inquiète pas. Va la retrouver et débrouille-toi pour qu'elle grimpe dans la fourgonnette de Jed. Ensuite, foncez à l'aéroport.

Ses yeux bleus se sont remplis de larmes.

— Tu as réussi. Tu avais promis, et tu as réussi, a-t-il hoqueté.

— Naturellement ! Qu'est-ce que tu crois !

J'étais outrée qu'il ait pu douter de moi.

À cet instant, sa mère l'a aperçu et s'est rué vers nous, échappant à son escorte, appelant son fiston. Ce dernier a bondi sur ses pieds et a dégringolé les tribunes. Il avait abandonné sa limonade derrière lui. J'en ai pris une gorgée. Allez savoir pourquoi, j'avais la gorge serrée, soudain.

Ils se sont rejoints au pied des gradins. Sean s'est jeté dans les bras de Mme O'Hanahan, qui l'a fait virevolter dans les airs. Les Agents Spéciaux Johnson et Smith s'étaient arrêtés net. Ils ont levé les yeux dans ma direction, et je les ai salués d'un petit geste amical de la main. Ces rustauds ne m'ont pas rendu la politesse.

Sean a dit quelque chose à sa mère, qui a acquiescé. Brusquement, il est revenu vers moi à toutes jambes.

Ce n'était pas prévu dans le plan, ça. Je me suis levée, alarmée.

— Jess ! a-t-il crié, hors d'haleine.

— Qu'est-ce que tu fiches ici ? ai-je lancé, plus sèchement que je ne l'aurais voulu. Retourne là-bas. Et que ça saute ! Vous n'avez pas beaucoup de temps.

Sean haletait tellement qu'il a eu du mal à parler.

— Je voulais juste... juste... te dire... merci.

Puis il a flanqué ses bras autour de mon cou.

J'avoue avoir été un peu décontenancée, au début. J'ai contemplé le stade. Les deux agents n'avaient pas bougé, me tenant dans leur ligne de mire. La fanfare a attaqué un nouveau morceau, *Hard Day's Night* des Beatles, cette fois. J'ai serré Sean contre moi. Ma gorge était de plus en plus douloureuse, et le coin des paupières me picotait.

Sûrement des allergies.

— Quand te reverrai-je ? a reniflé le petit morveux.

— Jamais. Du moins, tant que la situation avec ton père n'aura pas changé. Ne m'appelle surtout pas. Ils risquent de mettre ma ligne sur écoute jusqu'à la fin de mes jours.

— Et si...

Se détachant de moi, il m'a longuement scrutée. Ses yeux dégoulinaient autant que les miens.

— Quand j'aurai trente ans, a-t-il repris, tu en auras trente-trois. Ça ne serait pas trop bizarre, non, un type de trente ans sortant avec une nana de trente-trois.

— Non, ai-je répondu en donnant une pichenette à la visière de sa casquette. Sauf que quand tu auras trente ans, j'en aurai trente-quatre. Tu n'as que douze ans, je te rappelle.

— Presque treize ! Dans neuf mois seulement.

J'ai embrassé sa joue humide.

— File ! lui ai-je ordonné.

Il s'est arraché un sourire mouillé, puis il a tourné les talons et est parti comme une flèche. Cette fois, lorsqu'il a rejoint sa mère, il l'a prise par la main et l'a entraînée aussitôt de l'autre côté des tribunes, où Jed attendait.

Ce n'est qu'après avoir entendu le moteur démarrer et la fourgonnette s'éloigner que j'ai, à mon tour, descendu les gradins. Avant, je me suis assurée que je m'étais soigneusement essuyé les joues.

L'Agent Spécial Johnson avait l'air de crever de chaud dans son costume trois pièces et sa cravate. L'Agent Spécial Smith paraissait plus à l'aise en jupe et corsage de soie, mais pas beaucoup plus. Debout l'un à côté de l'autre, élégants, en lunettes de soleil, j'ai trouvé qu'ils formaient un beau couple.

— Salut ! ai-je lancé en sautillant dans leur direction. Est-ce que, par hasard, vous auriez une histoire à la *X-Files* sur le feu, tous les deux ?

L'Agent Spécial Smith m'a dévisagée. Ce jour-là, elle arborait ses boucles d'oreilles en perles.

— Je vous demande pardon ? a-t-elle répondu.

— Vous savez bien. Une de ces relations à la Scully-Mulder. Vous êtes dévorés de passion l'un pour l'autre, mais vous ne pouvez l'assouvir.

L'Agent Spécial Johnson s'est tourné vers sa collègue, ahuri.

— Je suis marié, Jessica, m'a-t-il informé.

— Et, de mon côté, a renchéri l'Agent Spécial Smith, je fréquente quelqu'un.

— Oh ! Dommage.

J'étais étrangement déçue. Allez comprendre.

— Bon, a enchaîné l'Agent Spécial Johnson avec avidité. Vous avez la liste ?

— Oui. J'ai votre parole que rien ne sera tenté pour empêcher Sean et sa mère d'atteindre l'aéroport ?

— Évidemment, a aussitôt riposté l'Agent Spécial Johnson, offensé.

— Et qu'on les laissera tranquilles une fois qu'ils seront là où ils doivent aller ?

— Jessica, s'est emporté l'Agent Spécial Johnson, on se fiche complètement du gamin et de sa mère. Ce que nous voulons, c'est la liste.

— Eh bien moi, ai-je rétorqué en le fusillant du regard, je ne me fiche pas du tout d'eux. Et je suis sûre que M. O'Hanahan ne sera pas très content quand il découvrira le pot aux roses.

— M. O'Hanahan est notre problème, pas le vôtre, est intervenue l'Agent Spécial Smith. La liste, Jessica. S'il vous plaît.

— Personne n'a l'intention d'entamer des poursuites non plus ? ai-je insisté, histoire d'être tranquille. Pour ce qui concerne Crane, s'entend. Contre moi ou n'importe qui d'autre ?

— Non ! s'est impatienté l'Agent Spécial Johnson.

— Même pour l'hélicoptère ?

— Même pour l'hélicoptère, a-t-il promis.

(En grinçant des dents néanmoins.)

— La liste, Jessica, a répété l'Agent Spécial Smith, en tendant la main cette fois.

Soupirant, j'ai mis la main dans la poche arrière de mon jean, tandis que la fanfare s'attaquait à une version particulièrement tarte de *We're the Kids in America*.

— Tenez ! ai-je dit en lui remettant une feuille froissée.

Elle l'a dépliée et l'a parcourue avant de me jeter un coup d'œil désapprobateur.

— Il n'y a que quatre adresses, a-t-elle marmonné en donnant le papier à son équipier.

— Qu'est-ce que vous croyez ? ai-je protesté en montant aussitôt sur mes grands chevaux. Je ne suis pas une machine. Juste une ado. Vous inquiétez pas, il y en aura d'autres.

L'Agent Spécial Johnson a replié la liste avant de l'empocher.

— Bon, a-t-il dit ensuite, et maintenant ?

— Vous deux, vous remontez dans votre voiture et déguerpissez d'ici, ai-je décrété.

— Et vous ? s'est enquis l'Agent Spécial Smith.

— Je vous contacterai.

Elle a mordillé sa lèvre pendant un moment, puis a lâché comme si c'était plus fort qu'elle :

— Vous savez, les choses auraient pu se passer différemment.

Je l'ai regardée. Ses prunelles étaient invisibles derrière ses lunettes noires.

— Non, ai-je répondu. Je ne crois pas.

Elle et l'Agent Spécial Johnson ont échangé un coup d'œil, puis ils ont fait demi-tour et se sont dirigés vers leur voiture.

— Hé les gars ! les ai-je hélés. Ce n'est pas que je voudrais vexer Mme Johnson ni rien, mais vous deux formez vraiment un beau couple.

Ils ont continué comme si de rien n'était.

— Tu ne trouves pas que tu exagères un peu ? m'a demandé Rob en s'extirpant de sous les tribunes où il avait monté la garde depuis le début de cette petite rencontre au sommet.

— Bah, j'ai bien le droit de les embêter un peu, non ?

— Ouais, a-t-il répondu en époussetant son jean. J'ai remarqué que c'était un de tes passe-temps favoris. Alors, tu m'avoues ce qu'il y avait dans l'enveloppe ?

— Celle que j'ai donnée à Sean ?

— Celle-là même. Celle que j'ai dû aller chercher chez ton père. Qui, au passage, me hait.

De la poussière s'accrochait encore dans le dos de son T-shirt noir. Sous prétexte de l'essuyer, j'ai profité de l'occasion pour caresser son torse.

— Mon père ne peut pas te haïr, ai-je repris. Il ne te connaît même pas.

— En tout cas, son air était éloquent.

— Oh, ça ? C'est seulement à cause du contenu de l'enveloppe.

— Qui est ?

— Les dix mille dollars de récompense pour avoir retrouvé Olivia Marie d'Amato.

Rob a lâché un long sifflement.

— Tu as filé dix mille dollars au môme ? En cash ?

— T'inquiète, il est avec sa mère. Et puis, il faut bien qu'ils aient de quoi vivre en attendant qu'elle décroche un boulot.

— Tu m'étonneras toujours, Mastriani. Bon. Et qu'y avait-il sur le papier que tu as refilé aux Fédéraux ?

— Oh, rien que l'adresse de quelques-uns des types les plus recherchés d'Amérique. Je la leur avais promis si, de leur côté, ils abandonnaient les charges contre Mme O'Hanahan.

— Ah bon ? Je croyais que tu refusais d'être impliquée là-dedans ?

— C'est le cas. Voilà pourquoi je ne leur ai fourni de renseignements que sur les types de leur album qui étaient morts.

— Une minute, s'est marré Rob. Tu...

— Je n'ai pas menti. Ils retrouveront les gars aux endroits que j'ai mentionnés. Enfin, leurs restes. Ça risque de ne pas être joli-joli, ai-je ajouté en plissant le nez.

Rob a secoué la tête, puis il a passé son bras autour de mes épaules.

— Je suis fier d'avoir été assis à côté de toi pendant ces heures de colle, tu sais, Jess.

— Merci !

Je lui ai adressé un sourire rayonnant avant de lever les yeux en direction de la silhouette assise tout en haut des gradins.

— Allez, viens, ai-je enchaîné en lui prenant la main. Il me reste encore une corvée à accomplir.

Rob a dévisagé le type.

— Qui c'est ? a-t-il demandé.

— Qui, lui ? Le mec qui va me libérer.

22

J'imagine que vous connaissez la suite. Je suis à peu près certaine que vous avez lu tout ce qu'il y avait à savoir. À moins que vous l'ayez vu à la télé.

Mais bon, des fois que ce ne soit pas le cas, voici comment ça s'est passé.

L'affaire a fait la une des journaux le lendemain. Elle ouvrait l'*Indianapolis Star*, et Rob et moi sommes allés en chercher un à trois kilomètres de chez sa mère. Puis nous avons commandé un énorme petit-déjeuner et avons lu l'article en mangeant.

La jeune fille électrisée est à court de batteries, disait le gros titre. Puis venait mon histoire et la perte tragique de mes capacités à retrouver les personnes disparues.

Exactement ce que j'avais raconté au journaliste, ce jour-là, sur les gradins du stade. Il avait été tellement excité à l'idée de décrocher une exclusivité qu'il avait gobé le moindre mot sans poser une seule question. Je m'étais juste réveillée un matin, avais-je affirmé, pour découvrir que mon don ne fonctionnait plus. J'étais une fille normale, de nouveau.

Un point c'est tout.

Sauf que, naturellement, ça n'avait pas été aussi simple. Le reporter m'avait cuisinée à mort sur ce qui s'était passé à Crane. Je lui avais garanti que tout cela relevait d'un simple malentendu, et que les prétendus Hell's Angels étaient de mes amis. Après m'être aperçue de la disparition de mon talent, la maison m'avait soudain terriblement manqué, je les avais appelés, et ils étaient venus me chercher. Je n'avais aucune idée de la raison pour laquelle un hélicoptère avait explosé. Par bonheur, personne n'avait été à bord à ce moment-là, n'est-ce pas ?

Et le jeune O'Hanahan ? Que lui était-il arrivé ? s'était interrogé le journaleux.

Je n'en savais fichtre rien. Comme lui, je m'étais contentée d'apprendre aux nouvelles que la mère de Sean avait été relâchée par erreur. Et oui, je comprenais fort bien la fureur de M. O'Hanahan. Où que soient Sean et sa mère, avais-je cependant précisé, je leur souhaitais tout le bien possible.

Le journaliste n'avait pas eu l'air de me croire, mais il était tellement content de son coup que ça lui était égal. Je lui avais posé comme unique condition de ne mentionner ni Rob ni sa mère.

Il avait tenu parole. Il avait rapporté l'histoire comme je le souhaitais, ajoutant les témoignages de gens de Crane qu'il avait appelés après s'être entretenu avec moi. Le Dr Shifton était rassurée que j'aille bien. D'après elle, il n'était pas étonnant que mon mystérieux pouvoir se soit évaporé aussi soudainement qu'il était apparu. Les choses se passaient souvent ainsi chez les personnes frappées par la foudre. Le colonel Jenkins n'était cité nulle part dans l'article, mais l'Agent Spécial Johnson si, et il disait des choses gentilles sur moi, sur la façon dont, par exemple, j'avais usé de mon talent pour aider les autres, ce qui était admirable. Il confiait aussi son espoir que je l'appellerais, si jamais je retrouvais mon don.

Ha ! Compte là-dessus, coco !

Enfin, le reporter avait interviewé mes parents, qui semblaient ahuris mais heureux de savoir que je me portais comme un charme. « Nous sommes impatients que notre bébé rentre à la maison et que la vie reprenne son cours normal », assurait ma mère.

Vous auriez été surpris de voir à quel point la vie a repris son cours normal. Le *Star* ayant révélé la nouvelle, le soir même, toutes les chaînes de télévision évoquaient « la jeune fille électrisée » qui n'arrivait plus à retrouver les enfants portés disparus.

Le lendemain, l'affaire était reléguée à la rubrique

Société de la majorité des journaux, sous la forme d'éditoriaux s'interrogeant sur les pouvoirs secrets du cerveau et assurant que, tous, nous étions des « jeunes filles électrisées » en puissance, si tant est que nous écoutions un peu plus attentivement ce que notre inconscient essayait de nous dire.

Ben voyons !

Le surlendemain, les médias rassemblés devant ma maison ramassaient leurs affaires et décampaient. L'endroit était désormais sécurisé. Je pouvais rentrer chez moi.

Ce que j'ai fait.

Voilà. Ma *déposition* est terminée, et j'ai drôlement mal à la main. J'espère qu'elle sera assez longue à votre goût. Si non, je m'en fiche. Je meurs de faim, et il est l'heure de dîner. M'man a promis de préparer des biscuits tunisiens au miel et aux amandes, notre dessert préféré à Douglas et à moi. Et puis, il faut que je répète ma flûte. Lundi, après les cours, je vais devoir défendre ma chaise d'orchestre face à Karen Sue Hanky.

Mon seul regret à propos de toute cette affaire, c'est qu'il ne reste plus que quelques semaines avant les vacances d'été. Et comme je ne rencontre Rob qu'en colle, ça risque de me poser un problème. Malgré tout ce qui s'est passé, je n'ai pas encore réussi à le convaincre que sortir avec moi ne constituait pas un crime.

Loin de moi cependant l'idée de jeter l'éponge. Je peux me montrer extrêmement persuasive quand je m'en donne la peine.

Maintenant que j'ai relu cette *déposition*, je ne suis plus aussi certaine que tout est la faute de Ruth. Mon foudroiement, s'entend. En même temps, Ruth n'aurait jamais voulu rentrer à pied ce jour-là si Jeff Day ne lui avait pas dit qu'elle était aussi grosse qu'Elvis. Donc, finalement, c'est peut-être bien la faute de Jeff.

Ouais. Je crois bien que ça l'est. La faute de Jeff Day.

Signé :

Jessica Antonia Mastriani.

NOTE INTERNE

ATTENTION ! CLASSÉE TOP SECRET

MATÉRIEL AUTORISÉ AUX SEULES PERSONNES

MUNIES D'UNE AUTORISATION DE RANG A

Destinataire : Cyrus Krantz
Département des Affaires Spéciales
Expéditeur : Agent Spécial Allan Johnson
Objet : Enquête Jessica Mastriani

Ce que vous venez de lire est la déposition personnelle et signée de l'Objet d'Enquête Jessica Mastriani. D'après Mlle Mastriani, ses pouvoirs médiumniques ont cessé de fonctionner aux alentours du 27 avril – comme par hasard, le matin de son évasion de Crane. L'opinion du présent rapporteur est que Mlle Mastriani n'a en rien perdu ses extraordinaires talents métapsychiques, comme l'illustrent les exemples suivants.

Durant les six semaines ayant suivi le retour de Mlle Mastriani à sa vie privée, le 0800-TEOULA a reçu approximativement un appel anonyme par jour qui a permis de retrouver avec succès un enfant disparu. Tous ces coups de téléphone ont été reçus par Mme Rosemary Atkinson, une réceptionniste avec laquelle Mlle Mastriani semble avoir noué des relations privilégiées durant son conflit initial avec l'OFED. Mme Atkinson nie farouchement que l'auteur des appels anonymes soit Mlle Mastriani. Néanmoins, ils ont été passés à partir de cabines téléphoniques situées dans l'État de l'Indiana.

Par ailleurs, le lendemain de la remise de la déposition ci-jointe, Mlle Mastriani a reçu chez elle une carte postale représentant des dauphins. Le timbre indiquait qu'elle avait été postée de Los Angeles. Quand sa mère l'a interrogée sur l'expéditeur, anonyme, de ce courrier, Mlle Mastriani a répondu (de façon parfaitement audible par notre agent de surveillance) : « Elle vient de Sean. Juste une façon de me faire savoir où il est. Ce qui est idiot, parce que ça, je le saurai toujours. »

Le sentiment du présent rapporteur est que Mlle Mastriani est encore en pleine possession de ses pouvoirs métapsychiques. Je demande par conséquent l'autorisation de poursuivre la surveillance de Mlle Mastriani, y compris au moyen d'écoutes téléphoniques à son domicile et aux restaurants appartenant à son père. La preuve viendrait à surgir que Mlle Mastriani n'a pas été entièrement sincère dans la rédaction de sa déposition, le présent rapporteur suggère d'utiliser les relations qui la lient à son frère mentalement perturbé pour exercer des pressions sur elle, afin qu'elle accepte de collaborer avec nos services.

Je reste dans l'attente d'une réponse positive de votre part.

Retrouve les incroyables aventures de Jessica dans le tome suivant de MISSING :

Nom de code, Cassandra

Planète filles

Retrouve tous les titres de Planète filles

Tu adores les aventures de Mia, retrouve-la vite

dans le tome I « Journal d'une Princesse »,
le tome II « Premiers pas d'une Princesse »,
le tome III « Une Princesse amoureuse »,
le tome IV « Une Princesse dans son palais »,
le tome V « L'anniversaire d'une Princesse »,
le tome VI « Une Princesse rebelle et romantique ».

Composition *JOUVE* – 62300 Lens
N° 1042731y

Impression en France par Hérissey – 27000 Évreux
Dépôt légal imprimeur : 101425 - Éditeur : 67842
20.16.1078.3 / 01 – ISBN : 2.01.201078.4
Loi n° 49-956 du 16 juillet 1949 sur les publications destinées à la jeunesse.
Dépôt légal : avril 2006.